嘻哈版 故事会

徐辰洲/编

哲理故事

ZHELi GUSHi

不可不知的哲理智慧

兵器工业出版社

图书在版编目(CIP)数据

哲理故事:不可不知的哲理智慧 / 徐顾洲编. —北京:
兵器工业出版社,2013.1(2018.3 重印)
(嘻哈版故事会)
ISBN 978 - 7 - 80248 - 882 - 3

Ⅰ. ①哲… Ⅱ. ①徐… Ⅲ. ①儿童故事—作品集—世界
Ⅳ. ①I18

中国版本图书馆 CIP 数据核字(2013)第 006762 号

哲理故事:不可不知的哲理智慧

出版发行:兵器工业出版社
封面设计:北京盛世博悦
责任编辑:宋丽华
总 策 划:北京辉煌鸿图文化发展有限公司
社　　　址:100089　北京市海淀区车道沟 10 号
经　　销:各地新华书店
印　　刷:北京一鑫印务有限责任公司
　　　　　(北京市顺义区北务镇政府西 200 米)
开　　本:710mm×1000mm　1/16
印　　张:13
字　　数:132 千字
印　　次:2018 年 3 月第 1 版第 2 次印刷
定　　价:29.80 元

内容简介

在我们每个人有限的一生中，大部分的智慧都是在借鉴前人和他人的故事中获得的。而这些不同的经历或者话语，往往会让你许久不忘，甚至会影响一生。而这些充满哲理的故事，更是青少年成长过程中的好伙伴。不仅能让孩子产生阅读的乐趣，提高孩子的认知能力，而且对孩子的教育有着不可忽视的作用。

本书搜集了近200则内容精彩且富含哲理的小故事，每40个小故事为一章，分别从给予和奉献、自我认知、塑造信念、诚信做人、面对挫折五个方面，多层面、多角度，深入浅出地阐述了人生哲理，使读者从中学会关爱他人，读懂自己，塑造坚毅的品质，打造诚信的名片，勇敢面对生活的困境。从一个个短小精悍的小故事中，将许多人生哲理以最简单、最朴实的方式呈现给读者，折射出人生的真谛，让青少年们读起来朗朗上口，又回味深远。每则故事后附有文字精辟的心灵感悟，启人心智，发人深省。对于每一个小故事，我们都用简短精辟的感悟加以提炼，帮助读者更深切和直接地理解故事的内涵。希望这些精心准备的小故事，能使青少年朋友从中获得一些对生命价值和自我成长的感悟，以自信而乐观的心态去迎接美丽灿烂的人生。

一、予人玫瑰，手有余香——爱和给予为人生的快乐保鲜

二、知人知己，准确定位——找准位置，塑造全新角色

三、滴水之功，成就梦想——推动前进 步伐的"永动力"

四、诚恳处世，至善至真——成就
人生目标的基石

一、予人玫瑰，手有余香——
爱和给予为人生的快乐保鲜

你的关怀、上帝之手

意大利的维罗纳有一位补鞋匠，他是一位60多岁的老人，每天都坐在铁皮房子里修补鞋子，工作的时候，老人家总爱微笑着看着过往的行人，其中有不少人都是他的主顾。

老鞋匠的摊位就在我上班的路上，所以，我时常也会在他那儿修鞋。一次女儿在我取回家的她的鞋子里发现了一张字条，"小天使，走路时要遵守交通规则，别让你的父母担心。"这张字条让女儿觉得惊喜。我一转念，连忙去查看自己拿去修理的鞋子，果然里面也有一张字条"每一步走得踏踏实实，人生才会更加坚实！"

两张字条，让我们全家在感到惊喜之余倍感温馨，这种来自一位近乎陌生人的祝福和关爱让我觉得上帝似乎就在我们身边。后来，我去老鞋匠那儿补鞋回来，总能在鞋里面看到类似的字条，有的是节日的祝福，有的是对人生的鼓励，还有许多慈祥的关怀。

直到有一天，我再去修鞋，发现老人的铁皮房竟上了锁，我走了过去向窗里面看，铁皮屋内冷冷清清。如今修鞋的老人已经不在了，众人在铁皮房子的墙壁上，写下了密密麻麻的留言，有怀念的感慨，也有真诚的感激，其中一句话，让我至今难忘："谢谢您，修补了我的灵魂。"

心灵感悟

有时候，向身边的人伸出帮助之手，哪怕只是一句言语的问候，都是在帮助上帝传递温柔。

钟声为善良而鸣

　　圣诞夜的盐湖城一片皑皑白雪，寂静的犹他大街上只有老郝斯的钟表店仍然亮着灯光。此刻，看店的是郝斯的孙子雷恩，一个做了两年店员的 16 岁的孩子，23 点 50 分，雷恩修好了一座古董钟，他正想叫里屋的爷爷出来换班。这时，"吱呀"一声，店门被推开了。

　　来人是两个男子，年轻的那个斜靠门口，中年的那个冷着脸朝雷恩走来。雷恩注意到那男子的上衣口袋里鼓鼓的，似乎是一把手枪的形状，而他的手正颤抖着放在上衣的口袋里。

　　雷恩压抑着心中的恐惧，微笑着指了指自己的嘴巴和耳朵，摇了摇头，用铅笔在便笺簿上写道："您好，我能帮您什么？"然后将本子推到了中年男人面前，示意他把要说的话写下来。男子怔住了，显然，这个年轻的聋哑店员让他感到意外。他回头看了看同伙，这时雷恩又写下一句话："您来取钟还是手表？"然后他指了指摆满旧钟和旧手表的货架。老郝斯总是会帮助那些把旧手表或者旧钟放到店里来抵押以换取一些钱应急的穷人们。而每当有人来领钟表回去，老郝斯也只收回抵押出去的金额，从不算一分钱的利息。

　　中年男子想了想，从上衣口袋里抽出手，给雷恩看他手腕上的表。"这个表能抵多少钱？"他在便笺簿上写道。

　　雷恩看到他的灰眼睛里闪过了一丝羞愧，雷恩知道，如果不是急需用钱，如果不是迫不得已，这两人不会在这个时候以这种方式到钟表店来，于是他写道："您要多少钱？"

"值多少你就给多少。"中年男子写道。

雷恩松了一口气，他拿出两张 100 美元的钞票，放到中年男子的手心上。中年男子看着雷恩的眼睛，将手表交给雷恩，那双灰色的眸子似乎在说："谢谢！"他们都知道这只表并不值这么多钱。

离开前，中年男子写道："请您放心，只要一有钱我就会来把它赎回去。祝您圣诞快乐！"就在两人转身离开钟表店的那一刻，店内所有的钟都敲响了 12 点，那一霎，雷恩觉得自己听见了圣诞的钟声，那清脆的钟声里充满了希望。

这时，郝斯从里屋走了出来。问道："孩子，刚才有顾客来吗？"

雷恩笑着写道："是的，爷爷，来了两个急需帮助的顾客。我用您的方式帮助了他们。"

心灵感悟

面对困难和危险，我们需要的不仅仅是勇气，更需要能坦然面对危险的智慧和善良，它们的温暖和力量足以拯救滑向黑暗的灵魂！

将幸福传播

　　郝武德·凯礼是个穷学生，他要在课余时间挨家挨户地推销商品来贴补自己的学费。这个晚上，还在推销的凯礼已经饿得发慌了，而他的口袋里只有一枚硬币……于是凯礼决定，走到下一家时向主人家求一顿饭吃。敲门声过后，当一位可爱貌美的女孩子打开门时，凯礼却失去了勇气，他没有讨饭，只要了一杯水喝。但是女孩看出了他的饥饿和窘迫，她端出了一大杯鲜奶给他。凯礼愣了一下，然后慢慢将牛奶喝下，抬头问道，"请问多少钱？"女孩儿笑了："你无须付钱。母亲说，不应该为做善事而要求回报。"凯礼站起来认真地说："那么我只有由衷地感谢了。"当郝武德·凯礼离开时，他觉得自己不仅感觉不到饥饿，反而觉得周身温暖无比，充满了希望和无穷的力量。

　　数年后，当年的女孩忽染重病，当地医院无法救治，女孩儿的家人将她送进大都市，希望请专家来医治她，他们请到了那里著名的医生——郝武德·凯礼。当凯礼知晓病人是来自某某城的时候，他立刻换

心灵感悟

　　能帮助别人的时候，请不要吝啬去伸出手，要知道，当你将爱的悲悯传播出去的时候，就是为自己种下一颗幸福的种子！

上医生服，在护士的引导下进了她的病房。凯礼一眼就认出了她，于是，他在心中对自己说："凯礼，你一定要治好她！"凯礼医生为挽救女孩想尽了办法，终于，在凯礼精心的治疗下女孩战胜了病魔！

出院前，批价室将医疗账单送到医生手中，请他签字。凯礼看了账单一眼，在账单边缘上写了几个字，然后将账单转送到她的病房里。她不敢打开账单，因为她知道，那笔巨额的费用需要她一辈子才能还清。但最后她还是打开了，而且看到了账单边缘上的字迹，"一杯鲜奶已足以付清全部的医药费！"签署人：郝武德·凯礼。

加点爱，多点幸福

这是一则发生在北伦敦的真实故事。

70多岁的乔治独自一人住在艾伦巷的一幢洋房里。他无儿无女，近来又体弱多病，无奈之下只得决定搬去养老院生活。乔治在报纸上登出广告，宣布出售他漂亮的住宅，底价8万英镑。购房者们闻讯而来，并且人们很快就将房价炒到了10万英镑，而价钱还在不断上升中。老乔治看着眼前的一切满目忧郁、不住地叹息，倘若不是他身体情况实在堪忧，乔治是断断不会卖掉这栋陪他度过大半生的洋房的。

正当大家竞相出价的时候，一个衣着简朴的青年来到老人跟前，他弯下腰轻声对乔治说："先生，我也很想买您这栋住宅，但是我只有1万英镑。不过，我保证如果您把这栋房子卖给我，我会让您继续在这里生活，我愿意每天陪您一起喝茶、读

《安特卫普的后院》
梵高（1885年）
一座房子所承载的不仅是一处住所，而且还应该是一个家的感觉。

报、散步，让您天天都快快乐乐地生活——我保证会用全部心思来照顾您！"老人看了看他，苍老的脸上泛起一丝笑意。他轻轻地点点头，把住宅以 1 万英镑的价钱卖给了这个年轻人。

心灵感悟

　　有时候，无论是在商场竞争，亦或是人生的任何一场角逐中，利益的追逐永远不单单只是利益的事情，将一份爱人的心加入到你正在进行的追逐中，也许，收获的会是比预想的更美好的幸福。

心中的天平

你是否经历过这样的童年趣事，斜阳西下，房前屋后的大树下，一个男孩和一个女孩在快乐地玩耍。他们在玩人类最原始的商业活动——以物易物的游戏。小男孩说："我有很多漂亮的宝贝！"其实，就是些好看的大大小小的鹅卵石和雨花石之类的东西。小女孩说："我有很多甜美的糖果。"那时候，一些水果糖、大白兔，一两块包着锡纸的巧克力就几乎是个富裕的小孩子的全部家当了。流着口水的小男孩想用他所有的石头跟小女孩的糖果交换，小女孩想了想就同意了。

但是，在交换之前，小男孩偷偷把他石头中最漂亮、最珍贵的那块藏了起来，只把剩下的石头给了小女孩；然而小女孩却如她当初允诺的那样把她所有的糖果都给了小男孩。两双稚嫩的眼睛相望，一双藏着狡猾，一双满是纯净。回家后，那个晚上，小女孩握着一粒石头睡得很甜，像给出的巧克力那样香甜；而小男孩却彻夜难寐，可怜的他始终在猜疑小女孩是不是也藏起了很多好吃的糖果，好容易睡着却做了噩梦，那梦如同给出的石头那样冰冷。

心灵感悟

我们无需知道最后小男孩有没有去坦白，有没有去换得心灵上的救赎；我们只需记得，坦荡和诚意是每个人心中最公正的天平，倘若对方的付出远超于你，你心中的天平就会倾斜，当它倾斜的时候，你只能选择再向里面添加砝码，那么，到底是添加一份诚实、忏悔好些，还是阴暗、卑劣好些？睡觉的时候，当自己面对本心的时候，便一切都清楚了。

挑拣"礼物"

世人总说女子有多小气，但萍不这么认为，起码她不认为自己有多吝啬。因为，她喜欢送人东西。她常将自己刚刚买的新衣裳，仅仅才穿过几次或者根本没穿的送给亲戚，也会将很多节日、生日收到的玩具和礼物送给同事。萍的很多亲戚朋友都接受过她的小礼物，当然这些都是萍不喜欢或者挑拣剩下的。萍觉得他们都会很喜欢她的礼物并感谢她，当然，这些都是萍自己的想法。

一日，萍去探望一位公司的高管，那是她的高中好友。

时光荏苒，逝去的不只是青春，更是曾经的无话不说的真挚，临走前高管一定要给她带些水果，萍客气地谢绝，但她却执意要给。

回家后，萍打开装水果的拎袋，发现里面都是一些皱皱巴巴的失去水分的水果。萍尴尬的霎时，忽地想起上周她也送了同事几只酸涩的苹果，那是她极讨厌的味道，此刻,萍的心中却被这味道酸腐得翻江倒海。

心灵感悟

我们身边的每个人都不是傻瓜，一份礼物的价值几何，每个人心里都清楚，尤其是在送东西给人时那份心意，是千里送鹅毛的礼轻人意重，还是废物利用般的嗟人以食。当你将挑拣后的"礼物"送人的时候，就注定了会收到别人挑拣的"礼物"，所以，礼物要么不送，若要送人以礼，就请挑拣最好、最喜欢、最舍不得的好礼送人吧。

保护的需要程度

德国东部的某个林区，山水秀美，民风朴实，很多家庭世世代代在这里生活，其中大多居民以林业为生。一个夏日的上午，6岁的哈利随着爸爸、妈妈和哥哥一起到森林里工作，6月的东部气候难测，好好的艳阳天突然间下起大雨，虽说这场雨对森林来说可能是一场快乐的体验，但对于只带了一块雨披的哈利一家来说，这实在是一场糟糕的经历。

父亲将雨披披在了妈妈的头上，妈妈却将它直接拿下来罩在了哥哥的身上，还没等哈利回过神儿来，哥哥就又将雨披裹在了他的身上。这个类似于中国孔融让梨的故事正在德国的山林间上演，但接下来的剧本，却有些不同。

哈利咯咯地笑着问："妈妈，爸爸把雨披给了您，您为什么要给哥哥，哥哥又为什么给了我呢？"

父亲揉了揉小儿子的脑袋，回答道："因为妈妈比爸爸需要保护，而哥哥比妈妈更需要保护，至于你，我亲爱的小哈利，你是我们最需要保护的珍宝啊！我们都应该学会去保护更需要保护的人！"听了父亲的言语之后，哈利并没有将哥哥拉入雨披，而是跑到了旁边一朵在大雨中娇弱飘摇的小花前，撑开了雨披……

心灵感悟

保护，从来都不在乎释放保护的人有多么强大，它存在的本身就是人心最善良的那一份悲悯和同情。这份叫做保护的帮助是人世间别样的心灵美景。

建 房

　　唐朝年间，在苏州的一家造房子的匠师坊中有位老木匠，他对老板说想辞工还家，享受天伦之乐。老板自然舍不得他最好的工人就这么离去，要知道当年老板白手起家的时候老木匠就跟在他身边了，但几十年的交情又让他很难拒绝老伙计的要求。于是，老板对木匠说，希望他可以再帮忙建一座房子，老木匠答应了。老板选在离匠师坊相隔两条街的地方开了工，但是此刻老木匠的心已不在建造房子上了，他不再像从前那样对屋顶、房檐的木梁精挑细选，也不再如过去那般对工人们的活计工程细心监督。房子建好的时候，老板过来，直接将这屋子的房契交给了他。

　　"这是你的房子"，老板说，"老伙计，这是我送给你的归老礼物。"老木匠当场震惊得目瞪口呆，随即羞愧得无地自容。天啊，这是他的房子，虽然不曾偷工减料，但却是粗制滥造的房子，造了半辈子的房子的他如今却要住在一幢如此拙劣的房子里，并且这房子还是自己亲自所造！

心灵感悟

　　给予，对于每个人来说都是从内心发出的爱的射线，差别只是在于终点的不同。所以，请让你的每一次给予都由衷的真诚，相信终点那边的收获会令你更加精彩。

兄长的馈赠

　　近平生日那天，做总经理的哥哥送了一部新车给他做生日礼物，傍晚，近平从办公室出来时，看到一个男孩正在他的新车前徘徊，男孩儿脸上满是羡慕的神情。

　　"先生，这是您的车吗？"

　　"嗯，从今天开始就是我的了。它是我哥哥送给我的礼物。"

　　男孩吃惊地说："您是说，这是您哥哥送给您的？"

　　近平笑着点点头，男孩憧憬道："哇！我真希望……"

　　近平以为他知道男孩的希望是什么，大概希望也有一个这样的哥哥吧，但男孩的话在近平的内心激起了层层涟漪，男孩儿说："我希望自己也能做这样的哥哥！"

　　近平很感慨，他想在生日这天给自己个好回忆，于是他向男孩儿问道："我的新车有送你回家的荣幸吗？"男孩惊喜万分地答应了。

心灵感悟

　　我们相信，手足之情是心中橙色的温暖，那是就算到海底都看得见的颜色；我们更相信，分享自己的幸福快乐，我们能得到的是更大的幸福快乐。

到了巷口，男孩儿有些为难地请求道："先生，能不能麻烦您把车再向前开一点？"

　　近平再一次以为猜到了男孩的想法，坐一辆漂亮的车子回家，应该是很神气的事。但是……

　　"先生，麻烦您稍等我一下好吗？一分钟就好……"

　　说罢，男孩跳下车，匆匆跑进屋内，一会儿他出来了，推着一个坐着轮椅的显然是他妹妹的小女孩儿，女孩儿的腿很细，似乎得了重病。哥哥吃力地将妹妹抱到车前，近平赶紧下车帮忙，男孩儿感激地望了他一眼，回过头对妹妹说"亲爱的，漂亮吧，这是这位先生的哥哥送给他的生日礼物！你要加油，以后哥哥一定要送给你一部和这一样的车子，让你可以和我一起去看外面的美好漂亮的东西。"

　　近平的眼睛湿润了，他将小女孩抱到车子前排的座位上，"愿意兜风么？"

　　于是在这金色的斜阳下，三人开始了一场叫做快乐与分享的旅程。

水的诚信

　　罗尼在沙漠中遭遇了沙暴，他已经向南方穿行了 3 天，此刻的他早已认不得原来的方向。在快被太阳烤熟的时候，罗尼发现了一间破旧的木屋。罗尼用最后的力气拖着疲惫的身子爬进了屋内，由于屋子是建在沙漠里，没有窗户，罗尼卸下行囊，翻遍了屋中每一个角落想找水喝，

《麦田里的丝柏树》　梵高（1889 年）
一旦在荒芜的地方注入爱心，那么就会是天堂。

但他失望了。正当已经脱水到两眼发昏，打算离开的时候，罗尼却在门后惊喜地发现了一座压力抽水机。

罗尼兴奋极了，他冲过去上前汲水，但无论他怎样努力却也抽不出半滴水来。罗尼失望地瘫在地上，突然见抽水机旁，有一只黑色的金属瓶子，瓶上贴着一张皱巴巴的泛黄的纸条，上面写着："远行的朋友，这个压力抽水机必须用水灌入才能引水，瓶中的水是满的，记得在你离开前要再将水装满！"罗尼拔开瓶塞，瓶中清水的气息勾得他直咽口水。此刻，罗尼有两个选择——相信对方，将水灌进压力机，等待一个不可预知的结局；喝光水，撕掉那张纸条，走出去！

要冒险吗？万一没有水怎么办，这可能是他活下去的唯一希望；或者喝掉水，毁掉这间屋子带给沙漠中的人们最后的希望吗？

最后，罗尼决定把瓶中全部的水都灌入到这看似比沙漠还要干燥的抽水机里，当他第9次压杆的时候，冷冽的清水和罗尼激动的泪水一起涌了出来。

罗尼再次将瓶子装满水，又在原来的纸条后重新贴了张字条。

心灵感悟

　　想要得到你想要的，有时候就必须先勇敢地去付出，爱和真诚会让你的付出散发出更温暖的光辉！

最好的朋友

　　二战时德军轰炸了一个犹太人的孤儿院，数人被当场炸死，另有几人受了重伤，其中一个女孩儿伤势尤其严重。这时一组美军医疗队迅速赶到，医生们立刻对女孩进行抢救，只是女孩失血过多需要输血，但医疗队却没带来足够的同血型的血浆。于是，医疗队开始对孤儿们验血，所幸有几个孩子的血型和女孩是相同的。然而，医生与孤儿们语言不通，只好勉强用英语和手势告诉那几个同血型的孩子："这女孩受了重伤，她需要你们的血，你们愿意救她吗？"孩子们似乎还没有从恐惧中回过神儿来，他们呆呆地没人吭声，也没人愿意献血！医生万分焦急，他们不懂孩子们为什么不愿献血来救自己的同伴。

　　这时，一个男孩犹豫着举起了颤抖的手。医生们松了口气，马上对男孩进行抽血。当小男孩看着自己的血被一点点抽走时，默默地流下了眼泪，但他眼中始终流露出勇敢和坚定！医生们见男孩哭了正觉得有些奇怪，这时一名犹太护士赶到孤儿院。在用英语简短地和医生交流后，犹太护士抚摸着小男孩儿的头，夸他勇敢，男孩哭着向护士询问了几句后，却忽地笑了起来。犹太护士解释道：其实孩子们没听懂医生的话，以为要被抽光所有的血才能救那个女孩。这时大家才明白男孩儿为什么会哭，他们好奇地问道："既然知道要死，为何这男孩儿还愿意出来献血呢？"之后，小男孩用一句勇敢的回答感动了在场的所有人："因为她是我最好的朋友！"

心灵感悟

　　我们无法判定这世上最美好的情感到底是什么，但我们相信——为朋友付出的勇敢绝对是其中最美好的一种！

一把神奇的椅子

午后，一场清新的雨正如约而至，一位老妇人走进费城的一家百货公司，大多数的柜台人员都抬起头看了看她，并没有理会。这时，一位年轻人走了过来，并恭敬地询问她是否能为她做些什么。老妇人回答说只是在避雨，年轻人听后并没有向她推销任何东西，但是他并没有离去，而是找来了一把椅子，让老妇人坐着歇息。

雨终于停了，这位老妇人向这位年轻人道了谢，并向他要了一张名片。数月之后，这家百货公司的老板收到了一封信，信中指明要公司派这位年轻人前往苏格兰收取装潢一整座城堡的订单！写这封信的人就是那位老妇人，而她是美国钢铁大王卡内基的母亲。

后来，当这位年轻人打点行装准备动身去苏格兰时，他已经成为这家百货公司的合伙人了。

我们不禁要问，为什么这位年轻人能比别人获得更好的发展机会？答案就是他比别人付出了更多的关心和礼貌，付出了更多的真诚。

心灵感悟

付出是没有存折的储蓄。如果你想要得到多少，就必须先付出多少。付出时越是慷慨，得到的回报就越丰厚。付出时越吝啬、越小气，得到的就越是微薄。

鲜花的问候

　　一位妇人每周都会寄给他儿子墓地的守墓者一封信，并在信里附着钞票，请他每周放一束鲜花在儿子的墓前。直到一天，这位夫人亲自来到了墓地，她羸弱的身体坐在轮椅上，哀伤地看着儿子的墓碑，怀中抱着一大束鲜花。

　　守墓人走了过来，夫人温和地对他说："医生说我活不了多久了，所以我来再看一眼我的孩子，亲手把这些花放在这儿。感谢您将我的儿子看护得这么好，更加谢谢您每次都在他的墓前放一束花。"守墓人看着她失去神采的眼睛说到："尊敬的夫人，请原谅我的失礼。但是，我觉得您总是寄钱来买花，搁在冰冷的石碑上，实在有些可惜！我们这儿隔壁一条街有家孤儿院，那儿的孩子们也爱看花，而且，他们都还活着，毕竟，这园中的墓碑下躺着的已经是没有呼吸的人了。"

　　老妇人沉默了好一会儿，一阵祷告后没再说话便走了。守墓人有些后

心灵感悟

　　能化解悲伤的不仅仅是当事人的快乐，努力为值得帮助的人营造快乐的生活，才更有人生的价值，而生命也会为这种生活方式喝彩！

悔自己刚才的话，但是，他多么希望这位慈祥的老人能在生命最后的日子里不再活得如此哀伤！两个月后，老妇人忽然来到墓园，这回她竟是自己走了进来。

　　"我的病好了，医生也不明白是怎么回事，但我想是因为在离开您这儿之后，我每周都会给孤儿院的孩子们送花过去，是孩子们快乐的笑声治好了我的病痛。"老妇人微笑着向守墓人说着，"您说得对，孩子们比我死去的儿子更需要鲜花的问候。"

传递帮助

　　这个故事很简单，简单到也许每一位读者都曾遇到过类似的事。园子是一名日本的小学生，一个夏日的晚上，她在学校清扫卫生到很晚。天色已经很暗了，园子收拾好清洁工具走出校门。在回家的路上，原本就有些阴沉的天空突然响起惊雷，一道道闪电划过，小园子有些害怕了，她抓紧了书包背带，加快速度向前方跑去，嘴里还不停念叨着什么，似乎在鼓励自己。

　　可是，雨滴的速度比园子快得多，短短几十秒钟，豆大的雨点便从天而降。雨很大，园子躲到了路边一处石台下，瑟瑟发抖的身体在雨中像是随时可能凋谢的小百合花。

　　这时，雨中一把花伞向她走来，园子隐约看见是位二十岁左右的姐姐。园子大声喊她："大姐姐，大姐姐！"那大姐姐看见她，立刻撑伞过去，微笑着问："小朋友，你住在哪里？怎么这么晚还没回家啊？"园子可怜兮兮地说明了一切，大姐姐看看天气对她说："这雨恐怕还要下很久呢。我送你回去好吗？"园子不好意思地点点头，大姐姐牵过园子的手，将雨伞撑在她的头顶，那掌心的温度，园子牢记了一辈子，并且将这份温暖用一生的时间传递给他人。

心灵感悟

　　帮助是人与人之间最温暖的情谊，如果说被帮助者一定要做些什么回报帮助过自己的人的话，那么，就是将这份温暖继续传递。

两只苹果

　　这是一则著名的非洲寓言，很久以前，一场百年罕遇的大洪水把一群人和一群猴子困到了一座土山顶上。山上除了石头就是黄土，仅有的几棵大树也都没有果实可以充饥，三天三夜，人们没吃上一口食物；当然，猴子们也一样。

　　第四天，饥饿的人们开始向被洪水没过的山腰移动，希望能从水面上打捞起一点食物；猴子们也手拉手地朝水面爬去。感谢上帝的恩赐，有人从水里捞起一只苹果，一只小猴子也幸运地在水里捞到一只苹果。这两幕戏剧到此为止都是遵照同一套剧本，而接下来的故事，却有了决定性的差别。

　　被人捞起来的苹果，由男人的手里被让到女人手中，又从女人手里被让到老人手中，而老人最后又将苹果塞到了孩子的手里。

　　被猴子捞起来的苹果，则是被老猴从小猴手中抢了去，一只母猴又

从老猴手里把苹果夺了过来，一番血腥的厮打后，苹果最终落到了猴王的嘴里。

猴子们看看孩子手里的苹果说："这些人类真傻！明明自己都要饿死了，却还将吃的东西让来让去！"

老人指着猴王手里的苹果对孩子说："记住，我的孩子，我们之所以是人，就是因为我们比这些禽兽多了一颗去照顾幼小、爱护亲人的心！"

人性的特点

A、日本地震导致核泄漏，无数日本人正面临着死亡的威胁。

B、一名学生在高考中考出优异的成绩，但没钱去付学费，急需资助。

C、为每座教室添置一台饮水机解决学生们课间饮水的问题。

这是一所美国大学对学生们做的社会调查问卷，结果学生们有87%选择了饮水机；10%选择了捐钱资助成绩优异的学生去上大学；只有3%的学生选择了去捐助日本的难民。

校方的这次调查一方面证明了学生们都愿意对他人的困难给予帮助；却也说明了大多数学生都更加关心与自己利益密切相关的援助。

我们明白助人为乐的高尚，但同时也更关心自己切身利益的得失，毕竟，这是人类潜意识的一种自我保护。

冬天，最令列车长头痛的就是一些乘客不愿随手关门，冰冷的空

心灵感悟

帮助别人，就是帮助自己，这句话还有另一种说法：希望别人怎样对待自己，自己首先要同样对待别人。予人玫瑰，手有余香。做事前肯为别人着想，往往最后得到最大回报的就是自己。

气顺着敞开的车门给车内的乘客们带来了极大的影响。于是，列车长在每节车厢里贴了一张告示："旅客们，为了大家的舒适，请您随手关门！"告示贴出后，关门的情况虽有好转却收效不大，后来，列车长想了一个新的办法，他写了张新告示："亲爱的旅客朋友，为了您自己的温暖，请随手关门！"

从此以后，冬天的列车门再没有肆意敞开过。

给善良一份友善的回报

日本的歌舞伎表演大师勘弥有一次在神奈川表演戏剧，他在剧中的角色是江户时代一位徒步旅行到京都的百姓，正当他准备上场时，后台他的一个学生急切地提醒他："师父，您的草鞋带子松了！"

勘弥大师一怔，随即亲切地回答了一声："谢谢你，我的孩子！"接着立刻蹲下绑紧了草鞋带子。但是，当他走到学生看不到的舞台入口处时，却又蹲了下来，将刚才系紧的鞋带又重新弄松。

原来，大师是想通过脚上松垮的草鞋带子这种细节来表现老百姓经过长途跋涉的疲惫和流离失所的苦楚。这就是大师对艺术的追求和对自我演技的把握。

只是，随团全程拍摄的记者在后台看到了这一幕，演完戏后，记者向勘弥大师问道："大师，您当时为什么不指出学生的不足呢？他还没把握这出戏的真谛呀。"

勘弥大师回答道："要教导学生演戏，机会有很多，但是在今天的这种场合，我们应做的是用诚恳的心去感谢别人的提醒，并给予回报！"

心灵感悟

有时候，我们常常会遇到一些会错了意的有些让人哭笑不得的善意，我们当然可以直接指出这份善意的谬误，但是，为了让世间的善良得到更多的回应，我们是否应当选择一种更妥帖的友善来回报那一份善意呢？

日本江户时期的浮世绘
作品

　　友善就像是礼物，礼尚往来是它的最高境界。如此，友善就像是画中美人，会绽放出更灿烂的光彩。

爱的回音

　　一个青年在经历了来自生活和工作中的接连打击之后，开始变得愤世嫉俗。某天他去了城郊一座高山散心，快爬到山顶时，他忽然想到遭遇过的苦痛，于是青年愤恨地对着空荡的山谷大喊："我恨你们——我恨你们——"喊声未落，山谷里传来他的回音："我恨你们——我恨你们——"青年越听越气，于是骂得更加大声，可回音也越来越大。这时一个声音从他身后传来"我爱你们——我爱你们——"青年回头一看，只见山上一位老人在向他呼喊。

　　老人走下山顶，与青年攀谈良久，了解到青年的苦闷，老人笑着说："人生没有失败，只有暂时的不成功。想成功就一定需要改变，尤其要改变自己，而这改变是否能成功主要是看你的决定、决心和行动。你可以先尝试改变自己的习惯，用善良的心去面对一切，也许会收获到意想不到的快乐。"听了老人的话，青年回去之后开始以乐观、健康、友爱的心去对待身边的一切，果然他生活中的坏运气似乎也离他而去了。从此以后，青年变成了一个乐观开朗而且能给身边人带来快乐的人。

心灵感悟

　　其实，每个人身边的世界都是一堵回音壁，当你将爱扔向世界，则世界也会给你一份爱的回音；你给身边的世界怎样的情绪，世界也会一样的回报你。所以，去爱吧，你的世界一定会还给你一份令你满意的回报的。

差点儿丢失的善良

一个5岁的小男孩被人贩子拐跑了，小男孩似乎还不知道发生了什么，他从口袋里掏出一颗糖递给人贩子说："叔叔，给你吃糖，我最爱吃这种糖了，再给你一颗带给你的孩子吃。"说着又掏出一颗。

这一句话让人贩子想起了自己的家，想起自己那3岁的女儿也喜欢吃糖，而且每次女儿吃糖的时候都要往他嘴里喂一颗，然后咯咯地笑个不停。人贩子被金钱遮蔽了的良心忽地又重新开始跳动了。良久，他接过男孩的糖含在嘴里，抱着他去公安局自首了。

法官鉴于他的悔改，判了他7年。在狱中，人贩子常和狱友聊天说到此事，他说是那男孩儿的善良救了他；如果他没有投案自首，就算当时能逃出去，但他恐怕一生都无法面对自己女儿清澈的眼睛了。

两年后，这名曾经的人贩子和狱友在工地上劳动改造，忽地听见旁边响起一声尖叫。他一回头，看见狱友站立的地方正有一个阴影砸下来。他第一时间将身边的狱友猛地扑倒，就在这时，一声巨响从两人身后传来，只见一块水泥楼板正掉在他刚才站立的地方。人贩子的眼睛瞬间湿润了，他知道救了自己的是那个男孩帮他找回的差点儿丢失的善良。

心灵感悟

在人生的旅途中，请你随时带着善良上路，也请你准备随时将幸福传递，因为善良是人生幸运的守护者，她将时刻为你带来幸福。

投桃报李

　　这是个地道的中国故事。当年流行塑钢窗，小陈也找了人来家中装了一扇。装窗子的工人是个农村小伙，老老实实地一个人干了一整天，装好时已经是晚上6点。小陈留他吃饭，那小伙子很拘谨，吃饭时通过聊天知道他原来竟是考上过大学的人，只因家中贫穷，最后也没钱去念书，只得在农村务农，农闲时来城里打工。如今虽然年轻却也是个当爸爸的人了。陈妈妈感念这孩子命苦，于是翻捡出家里好多旧衣物和一些城里用不到的东西，连同窗户的修理费装了一大袋子硬塞到小伙子的手里，小伙子红着脸死活不肯收。最后小陈好说歹说他这才收下，背在身上就下了楼。

　　一年后的一个晚上，有人敲门。小陈打开门，只见一个农村打扮的青年站在门口，他说他是半年前给小陈家装窗户的。小陈这才认出来，于是忙招呼他进屋，小伙子扛了一只布袋进了门。他打开布袋，里面尽是些新收的黄豆、绿豆和玉米。小伙子依旧拘谨，说这是他家里自产的东西，刚刚收了就赶紧拿来送给小陈家人尝尝。

心灵感悟

　　我们不知道，这小伙子是怎样时隔一年后在这变化日新月异的城里准确地找到小陈家的；我们也不知道他的心里那样执著地感激是怎样记挂着要来表达谢意的。我们只知道，想要重现"投桃报李"这种中国的古老情感，需要的仅仅是一颗善良施予的心和一个感恩回报的人。

赞扬就是一种力量

熙媛是台北一间冷饮店的实习服务员，每天都要在迎来送往的冷饮店辛苦工作，每天晚上回到家后都累得筋疲力尽。然后第二天继续重复同样的工作。此刻是下午3点，屋外的暑气闷得让人发慌，她的帽子已经有些歪倒，洁白的工作裙上也沾上了奶渍，双腿似乎就要被越来越重的身体压断了。可怜的熙媛心想：天啊，这可怕的工作快要将我埋在疲倦沙丘下了！

这时，她正在帮一桌顾客点餐，那家人有4个孩子，孩子们每十几秒就要更改掉之前选择的冰激凌的味道，熙媛的定单上已经画满了红红蓝蓝的线条，"好吧，我决定发火了！"她做好了撂挑子的准备，并且正准备将定单甩在桌子上。正在这时这一家人的父亲忽然递给她两张小费，微笑着对她说："谢谢您耐心的服务，小姐。您的照顾让我和孩子们感觉真的太周到了！"

仿佛有阵清风吹过，熙媛的疲倦和忿怒转眼间消失得无影无踪了，她马上对那位先生回报以微笑。那几句赞扬似乎把一切都改变了。

心灵感悟

赞美是最珍贵的阳光，因为它可以照在人们的心灵之上；赞美也是最不值钱的说话，因为它不需要你为之付出一个铜子儿。所以，请多多地向身边的人散发这温暖的阳光吧。

跳跃在烛火里的爱心

　　美国的宾西法尼亚州有一个安静的小镇，茱迪一家是镇上为数不多的几户犹太家庭之一。圣诞节的夜晚，城镇的每条街道都闪烁着五颜六色的彩灯，家家户户也都灯火通明，一片温馨的景象。唯独茱迪一家，只在窗台上放了一盏烛火，这在告诉大家，今天也是犹太人的光明节。

　　凌晨5点左右，茱迪夫妇突然被砸窗子的声音惊醒。等他们跑下楼去，发现窗玻璃碎了，灯盏也被损毁了。能判断出是被人用球棒打的，拿棒子的人一定从那片树丛穿过到达窗前的。

　　对茱迪一家而言，这种袭击轻易地勾起了他们对复杂过往的痛苦回忆。茱迪的公公和婆婆都是法西斯集中营的幸存者，然而爷爷那一辈的人都在那里死了。记得当年，纳粹德国对犹太人进行迫害的标志性开端就是"砸玻璃之夜"。为了不让公公婆婆和孩子害怕，茱迪隐瞒了这件事情。

心灵感悟

　　面对生活的不幸和挫折，来自他人的关爱和支持，往往会让我们终生难忘，我们从中感受到的是对生活和未来的希望，让我们把爱心像温暖的火种一样传递下去，让世界永远充满爱的光辉。

那天上午，邻居接连不断地到她家里表示慰问，更让茉迪一家感到意外的是，那天，邻居们为抚慰他们受伤的心灵，还筹划了一件事情。晚上，茉迪一家从亲戚家回来，发现他们的街区几乎把灯都熄掉了，仅按照他们的习惯，在窗台上放上了一盏烛火。温暖的烛火照亮了窗台，仿佛在向茉迪一家发出支持的信号，告诉他们大家是团结一致的。

　　那象征爱心和善良的烛火，就这样在居民们的心里传递着，温暖了整个街区。

分享幸运

　　有一名农夫从朋友手里得到了些优良的玉米种子，他尝试种了两垄地，收获时发现这优良玉米种子的产量比普通的玉米种子提高了将近2倍。农夫高兴极了，同村的农民得知消息后，纷纷想购买这些良种，但农夫怎样都不肯出售。农民们最后只好垂头丧气地返回家中，而农夫则开始规划他明年的田地了。

　　第二年，农夫将自家的土地全都种上了这些玉米良种，而后每日精心照料，期待着一个大丰收的到来。谁知到了收获的季节，农夫家的玉米地非但没有增产，反而比一些普通玉米种子地的收成还低。镇里的一位农业技术员听说了此事，来到这片地看了看，然后对农夫说："这

《麦田群鸦》　梵高（1890 年）
丰盛的收获来源于众人的齐心协力，没有人独自就可以成功。

些良种玉米低产的原因是因为接受了邻近普通玉米的花粉，致使本来可以高产的玉米先天不足，导致了收成惨淡。"

换言之，假设当初农夫将这些优良的玉米种子卖给同村的农民们，就不会出这样的事儿了。这也就是我们时常感叹的——帮人就是帮自己！

心灵感悟

人很难做到没有私心，但是更应该有爱心，每个人都会在不同时期遇到不同的困难，也会在不同阶段收获各种幸运。我们需要做的只是在幸运的时候让自己的私心得到最大的满足，同时请将自己的幸运分一丝给别人，这样，当你在困难中的时候，也一样会有他人的幸运降临到身边的。

长在心灵深处的耳朵

一个小女孩很喜欢唱歌，但是因为长得又矮又瘦，老师和同学们都拒绝接受她为合唱团的一员，尽管她唱得很好听。同学们经常会围着她取笑，因为她身上总是穿着一件又灰又旧的不合身的衣服！

小女孩很是伤心，独自跑到公园哭了起来。她想：为什么不让我去唱歌呢？难道我真的唱得很难听吗？

想着想着，小女孩就不由得低声唱了起来，她一首接着一首唱着，直到唱累了。

"唱得真好！"这时，一个声音响起，"谢谢你，可爱的小姑娘，这个下午因为你的歌声而美妙极了。"

小姑娘惊讶地张大了嘴巴！

说话的是一个驼背的老人，说完他就站起来走了。

第二天，小女孩又去了，她发现那个老人还坐在昨天的位置，慈爱地看着她。

于是，小女孩又唱起来，老人聚精会神地听着，很是陶醉。最后他为小姑娘鼓起了掌，说："谢谢你，小姑娘，你唱得真好！"说完，他仍独自走了。

许多年过去了，小姑娘成了大女孩，此时的她窈窕而美丽，而且已经在小城里小有名气了。但她始终忘不了公园靠椅上那个慈祥的老人，一个冬日的下午，她专程到公园找老人，然而，那里只有一张小小的孤独的靠椅。后来有人告诉她，老人早就死了，并且告诉了她一个秘密："他是个聋子，都聋了 20 年了！"

姑娘愣在那里，那个天天那样专心听一个小女孩唱歌并真诚赞美她的老人居然是个聋子。一时间，姑娘的泪水夺眶而出，就是这样一位可爱的老人，用他的善良和爱心成就了自己。

心灵感悟

善良和爱心，往往可以挽救一颗濒临绝望的心灵，它不仅可以带给人们快乐和温暖，还能传递一份坚强的信念和希望。

欣赏的力量

　　台湾著名作家林清玄曾经是一名记者，做记者时的他遇到过这样一件事情，在台中市有一个神偷，犯罪行动缜密、作案手法细腻，成功偷窃上千次后才被抓捕。林清玄先生在当时报道此案的纪实文章最后不禁感叹着写道："像心思如此细密、手法那么灵巧、风格这样独特的小偷，又是那么斯文有气质，如果不做小偷，做任何一行都会有成就的吧！"也许，这也是林清玄对这位神偷的另一种欣赏吧。

　　20 年后，林清玄先生已经离开了记者行当，成了作家。一日，有人上门拜访他，他看着对方的名片印着是台湾连锁羊肉炉店的大老板，清玄先生不禁有些纳闷儿，"自己似乎不认识这位老板啊！"这位老板见到清玄先生，连忙诚挚地说："林先生还记得 20 年前那篇台中神偷的特稿吗？我就是当年的那个小偷啊！"清玄先生恍然大悟，连忙招呼对方坐下，那老板一再向清玄先生表示感谢，他说当年他在狱中看到的那篇文章打破了他人生的桎梏，那充满感慨的欣赏之言，竟让他从此改头换面，重新做人！

心灵感悟

　　"欣赏"对人生的发展是多么重要！人与人之间的相处，首重理解和沟通，而包含了信任与肯定的欣赏却能够在人与人相处中，激励引导人们健康地成长和进步。学会欣赏，学着去欣赏，人生也会收获更多的欣赏！

念树恩

一棵树在一个男孩家的院子里，男孩童年时，总喜欢去树下的秋千上打发无聊的时间，也会到树上摘果子，还会在树阴下休息。那段无忧无虑的日子，也是这棵树最快乐的时光。但是，随着男孩逐渐长大，他们在一起的时间变少了。

"和我一起玩耍吧。"树对男孩说。

已经是青年的男孩回答："不行，我要抓紧时间赚钱。"

"那么，就请像从前那样摘取我的果实吧，它们会帮你卖个好价钱！"树说。

年轻人这么做了，用树的果实卖了很多钱，树很快乐。

追名逐利的年轻人很久没有回家，一天，已年近中年的他终于回来，树兴奋地喊道："朋友，和我一起玩耍吧，像从前那样！"但中年人此时已经不想再生活在这个烦躁的地方，他想到一个陌生的地方游历。大树沉

心灵感悟

朋友，你一定也有过这样一棵树吧，无论他是我们的亲人还是师友，我想，当最后我们坐在那一墩树桩上的时候，若你能饱含温情地抚摸下那苍老的树墩，树也会更高兴些吧。

默了一会儿，"我的朋友，请把我的躯干砍下，造一艘船吧，我的身体会载你到任何地方。"中年人又这么做了，他驾着树干做的舟楫，游历了很多地方，树很快乐。

　　无数天孤寂的等待后，年老的男孩终于再次归来。大树重又燃起了兴奋的火种，"朋友，你累了吧，来我的树桩上好好休息一会儿吧！"树说。年轻人再次这样做了，他坐在枯老的树桩上，树很快乐。

石头做汤

三个士兵自战场归来，途经一座村庄，想讨点饭吃。但贫苦的村民们早已将各家仅有的一点食物都藏了起来，别说士兵，就连隔壁邻居都不知道谁家还有什么吃的。村民们向士兵表示抱歉，实在没有食物能提供给他们。

这时一名士兵说："既然如此，那么就由我们来招待各位吧，我们兄弟有一道绝活——石头汤。"村民十分好奇，他们帮士兵在村头点起一堆火，并架上了全村最大的一口锅。一名士兵将5块石头倒进锅里，此时另一名士兵说："可惜，要是有点盐和番茄调味，这汤就更美味了。"旁边一位樵夫说："嘿！我家好像还剩下了一点，我去拿来。"接着，村民们纷纷都想起家里好像还有什么食材。于是，牛肉、蔬菜和奶酪等分量不多的食物被一件件加到锅里煮。村民们似乎忘记了战争的痛苦，大家聚在一起，快乐地歌唱、谈笑，深夜就睡在了篝火旁。

次日早晨，村民们又聚集在士兵周围，他们说从来没吃过昨夜这般好吃的食物，纷纷来向士兵们表示感谢并请教石头汤的秘诀。士兵们相视而笑："这个秘诀很简单——最美味的食物就是大家每个人都将自己的食物加入锅里。"村民们若有所思，然后齐齐开颜，众人拥抱在一起，彼此欢笑着，就像战争爆发前那样。

心灵感悟

有时候，在残酷的大环境下，爱的付出会让伤痛和苦难的味道变淡，每个人都能将心中的温暖拿出来分享，那么幸福的味道将会重新支撑心灵的世界。

温暖的灯

张璐璐毕业后，应聘到一家杂志社做发行。为了方便学习，单位安排她和发行部的经理李姐住在一起。

李姐是个不拘小节的人，个性有些敏感的张璐璐总觉得跟她有点

《阿尔的星空》 梵高

一盏为爱、为关怀而点燃的孤灯，在接受者的心里不啻就是漫天的繁星。

摩擦。张璐璐从小就受父母的熏陶，生活很节俭。但李姐在这方面就显得有些格格不入，最让张璐璐头疼的是，李姐出门前总会开着灯，这让她很不理解，每次她后面出门的时候，都会顺手把灯关掉。

李姐每晚都出去打羽毛球，常常到十点左右才回来，而她睡觉前总会把灯关掉，她觉得李姐就是在浪费电！对于张璐璐的举动，李姐从未有过抱怨。

记得入冬的一个晚上，朋友过生日大家玩到很晚才回家，路上只有孤零零的路灯发出微弱的光，阵阵寒风，好似浸入骨髓般的冷。进走廊时，她发现楼道的灯坏了，黑暗中冻得瑟瑟发抖，她拿出钥匙，反复几次才把它插入钥匙孔，一开门眼前就亮起来，寒冷的冬夜里，那盏灯光格外温馨，周身的寒冷也随着那盏灯光而消失得无影无踪。

她走近李姐的房间，房里的灯已经熄了，应该是睡了。望着李姐特意为晚归的她留的那盏灯，张璐璐一时间竟感动得想哭。她终于明白那一夜温暖她的不仅是那盏特意留着的灯，更是李姐对她体贴的照顾和关爱，这让刚刚踏入社会的张璐璐有了家的感觉。

后来的张璐璐也学会了为她关爱的人留下一盏温暖的灯，不仅是为了方便别人暗夜里行走，更是无尽的关爱。

心灵感悟

没有人不渴望被人关爱，也没有人会拒绝关爱，当你发自内心地送出你的爱心时，收获的将是整个世界的温暖。

人心试金石

某户人家搬家的时候,在衣柜后面发现两只老鼠,那家人正待找笤帚将老鼠打死,却发现那两只老鼠有点怪,只见后面一只老鼠咬住了前一只的尾巴,手拉手正在穿行离开,这时大家才看出来,原来走在后面那只老鼠竟是个瞎子!

瞬间,大家就沉默了,这一番人间的乔迁之喜对于这两只老鼠而言却是大祸临头,让人感动的是那只走在前面的老鼠,本可以早早逃命的,它竟因不愿丢下可怜的瞎眼同伴,就让同伴含着自己的尾巴,牵着它脱离险境。看着这哀伤中夹着动人之情的一幕,在场的人们全都心软了,大家不自觉地让出一条通道,让这对有情有义的老鼠紧张地匆匆离去。

接着,大家打扫卫生的时候不断地在说这件事,大家纷纷猜测这两只老鼠的关系,爸爸猜测是夫妻、儿子猜测是母子,唧唧喳喳地说着,连搬家的辛苦也都察觉不到了。最后,大家都不再猜测了,因为它们究竟是什么关系已经不重要了,这一幕已经在人们心底激起最温暖和柔软的涟漪。

心灵感悟

人世间在这亲情、友情、爱情外,更需要一份同胞之情,甚至对其他生命关怀关心的悲悯!风雨路上,同舟共济,这才是人间一种大爱!

分撒恩赐

　　美国费城有一个可怜的年轻人，数日之内接连遭遇了父母双亡、爱情失利的打击。这可怕的灾难让年轻人对生命丧失了希望，他心中对世界充满了仇恨。年轻人万念俱灰，他决定去买一把刀，然后杀光他所有厌恨的人，然后自尽去见自己的父亲母亲。

　　年轻人双目赤红地来到街角一家商店，他挑中一把锋利的水果刀，付钱便要离开。但是柜台的营业员叫住了他，跟他要回了刀。

　　年轻人恶狠狠地盯着对方，却疑惑地看见那营业员阿姨将刀子用纸巾一层层仔细裹好。然后递给年轻人说："这样就不会伤着人了。"

　　年轻人恨恨地说："你只卖你的刀就行了，管这么多闲事干吗？"

　　阿姨笑着说："我的确管不了那么多，这把刀卖出去，别人用它削果皮或是杀人我都管不着，但是我希望我们每一个人都好好地生活，阿姨怕血。"

　　年轻人怔住了，眼泪夺眶而出，他似乎听到了去世的妈妈的声音。他走回商店又去买了一袋苹果，向那位营业员阿姨深深地鞠了一躬，然后挺直腰板走了出去。

心灵感悟

　　无论是对失落者的一句鼓励的话语，还是对陌生人一个善良的微笑，这些看似平常而微不足道的举手之劳，却可能会拯救一个堕落的灵魂！因为，它的背后是爱。

爱心编织的长发

约翰一向嘲笑男孩子留长发，他觉得那会让男孩子的气质大受损害。可是，最近班里的同学突然惊奇地发现，约翰居然留了长发。大家向约翰"发难"时，约翰反而向大家宣扬自己的最新观点：留长发的男孩子更有毅力，这会让男孩子看起来更有个性，也更容易赢得女孩子的青睐。

许多同学围着他的长发品头论足。虽然他们中的大部分人都对他嗤之以鼻，虽然父母坚决要求他剪掉长发，但他还是坚持着，不为所动。

体育课上，一头长发的约翰和男孩子们一起打篮球，体育老师看到后，毅然下了命令：禁止女孩子与男孩子一起打篮球。约翰想告诉老师自己是男性公民，只是头发长了一些而已。但他看到体育老师严厉的目光，他选择了后退。

后来的一段时间里，他成了全校同学嘲笑的焦点，许多同学对着他指指点点，甚至责怪他是败坏社会公德，约翰时常会躲在寝室里默默地流泪，也一度想过剪掉长发，还自己原来的青春活力，然而那条心底的信念让他坚定了初衷。渐渐地，约翰的头发有 30 公分长了，连女孩子都对他一头漂亮的长发艳羡不已。

约翰依然坚持着自己的信念没有放弃，只是每个周末下课的时候，他都会被查尔老师拽到办公室里，许多同学猜测：老师一定是在劝慰约翰剪掉那令人厌恶的长发。

半年过去了，约翰的头发已经有 50 公分那么长了，如水的金发，让许多女孩子都发自内心地赞叹。但在某个傍晚时分，约翰突然剪掉了自己那一头漂亮的长发，当他以崭新的面貌出现在大家面前时，人群中一阵沸腾，有同学猜测，约翰还是忍受不了长发的折腾和周围同学亲戚们的劝告。

但大家都不知道，隔壁班里有一个染了头病的女孩子，从此有了一头如水的长发，笑容又一次绽放在她年轻的脸庞上，而那头漂亮的长发正是来自约翰。

原来，约翰与查尔老师为了帮助隔壁班那个患有头病的女孩子，他们共同编织了一个关于青春和爱心的童话。

心灵感悟

爱心是这个世界上最美好的情感，它能拉近人与人之间的距离，唤醒心中那份最纯净的感情，让生活中时刻充满爱的温情和阳光。

忘记伤害

苏德战争期间，一支德军部队在冰天雪地的松林中与苏军发生遭遇战，其中两名负责断后的战士与部队失散了。

所幸他们二人是来自同一个镇上的战友，所以在这冰天雪地的生死一线中还能互相照顾、互相鼓励、互相安慰。他们在林中熬过了十天，幸运的是他们打死了一头鹿，两人想着总算可以靠这鹿肉多坚持几日了。

过了一天，他们又在森林里遭遇了敌人，经过一番激战，他们拼命避开了敌人的围剿。

就在他们将要逃到树林深处时，忽地一声枪响，走在前面的德军战士中了一枪，幸亏子弹打在肩膀上，伤势不重。

后面的战友连忙跑上前来，颤抖着捧起战友受伤的上臂泪流不止，他使劲儿擦了下眼泪，脱下自己的衬衣撕成布条包扎战友的伤口。后来，他们终于等到了德军坦克大军的到来，将他们救走。

时隔多年，那位被打伤的战士对自己的孩子讲起了这段往事，他说他知道谁开了那一枪，就是他的战友。因为在他抱住我的时候，我的左手摸到了他刚发射过子弹的发热的枪管，但当晚他就原谅了他的战友。因为他知道战友当时是想独吞仅存的鹿肉活下去，不过他也知道刺激战友有如此强烈的生存欲望的，是战友那年迈失明的母亲。

心灵感悟

人，要学会容忍伤害，受伤时先不要试图报复而是要想清楚被伤害的原因，然后请尽量宽恕伤害你的人吧，留给自己也留给对方一份宽容的天空。因为，宽恕也是一种爱。

心地决定生活

　　这是在欧洲很多学校和福利院广为流传的一个故事。故事讲述有一个人梦中忽然来到一处仙境，那片净土中有两扇门立在其间。一扇门上写着天堂，而另一扇门上写着地狱。这人想了想，先推开了地狱的门，只见门后一群人围坐在一张长长的大桌子旁，桌子上摆满了丰盛的美食佳肴，却没人能吃得到桌上的食物，因为大家的手臂都受到了魔法诅咒，手肘不能弯曲，无法将桌上的美食送到口中，所以个个愁容满面、苦不堪言。

　　那人看着心惊，赶紧退了出来。想了想，又推开了另一扇天堂之门。刚刚开门，他就听到门内传来了欢愉的笑声，他看了看门内的情景，却突然愣住了。原来这扇门内的情景和适才地狱门内的情景一模一样，依旧是满满一桌的珍馐佳肴，依然是每个人的手臂都不能弯曲，但桌前的人们全都两人一对儿的互相帮助，夹菜喂食到对方口中，大家都吃得开心快乐，其乐融融。

心灵感悟

　　人生在世，没有人可以不依靠别人而独立生活，"人"本来就是两道笔画的互相支撑、互相扶持的社会生物，我们在生活中只要愿意付出，乐于伸出友谊的手，就会发现生命的路上并不孤单，因为我们同在爱的天堂。

哲 理 故 事

天 使

　　一个寒冷的冬夜，7 岁的彼得和母亲一起到餐厅吃饭。那是一家投币式的自助餐厅，你只要将硬币投进机器里面，再按对应的按钮，就能拿到你想要的食物。他们要齐食物后，在一张桌子前坐了下来。彼得正要开始吃饭，突然发现了一位可怜的老人。那位老人从他们身旁走过，到处找人们吃剩的食物在吃。

　　彼得看看母亲。母亲也看到了这一切，于是轻声对儿子说："你

《吃马铃薯的人》　梵高（1885 年）
存有一颗善心的人就是天使，存有善心的处所就是天堂。

在这等我，我一会儿就回来。"说完，母亲拿起一个托盘，买了一块三明治、一份馅饼和一杯牛奶，然后端到老人的桌前。和老人简单交谈了几句后，母亲就回来和彼得继续他们的晚餐。

彼得发现老人并没有吃那块三明治，而是用餐巾纸把它包好，放进外衣的口袋里，再迅速地吃完了馅饼和牛奶。老人离开之前，走到他们身旁喊着母亲的名字向母亲道谢，母亲则对那个老人笑了。老人又看看彼得，真诚地对母亲说："上帝会保佑你们的，好心人。"说完，离开了餐厅。

彼得发现母亲居然哭了。"你认识她吗？"彼得问。母亲沉默了片刻，然后告诉彼得："只是见过。""那她是谁？"彼得又问。母亲笑了："上帝的一个孩子。"然后她俯身在他耳边低语道，"也许她是一个天使。"

走出餐厅时，彼得问母亲："假如她是天使，那么我怎么没有看见她的翅膀呢？"母亲告诉儿子，天使随时随地都可以把翅膀变小，然后把它们藏起来。"他们为什么要把翅膀收起来？"彼得又问。母亲告诉他，那是为了方便帮助需要帮助的人。

后来，在街道的拐角处彼得发现了天使的秘密。他看到那位老人将刚才包好的那块三明治给了一个流浪汉。"妈妈，她真的是一位天使。"

心灵感悟

爱心就像是冬日里温暖的阳光，即使阴云密布，它也能穿透层层乌云，将温暖和爱洒遍世间的每个角落。

一个老人的世界

在中国，有这样一位老奶奶，每天都穿着相同的衣裳，一件已经记不清穿了多少年的咖啡色夹克衫，一条浅蓝色的裤子和一双35元的双星牌球鞋。此刻，那被这些旧衣服包裹着的弱小的身躯，正不断地咳嗽着，消瘦的脸颊，银白的头发，被阳光晒黑的皮肤有层层皱纹，似乎所有这一切都无法让人同她的身份联系起来。但假如我们说起她的名字，讲述她的事迹，所有人都会对她肃然起敬。因为，她是中国的"希望老人"——江诗信！

当我们看到老人躺在病床上，还在不停地整理材料时，我们从那双眼睛里的平实与和善里，看到了这位老人的幸福所在。很多人在想，是什么给了这位老人不懈追求的动力，是什么使她为贫穷的孩子而舍弃了安享晚年的快乐。在旁人眼中，老人的事迹令大家百思不得其解；但在老人的心里，对贫困孩子们的爱主宰了一切，那些贫困孩子期盼美好生活的眼神占据了老人所有的思想。那是一个只有"希望老人"和需要她帮助的孩子们的世界，在那个世界里，他们都是快乐和幸福的，爱心和无私的给予如温暖的阳光一样，时刻呵护着他们。

老人有着也许是世界上最朴素的名片——一张薄薄的白纸，上面只有简简单单一个名字"江诗信"和下面那一排爱心协会的小字。在这张名片的背后，我们似乎看到了老人那一颗滚烫的心。

心灵感悟

付出，从来不在于付出者拥有多少有形的东西，因为爱心无价，它的能量也无穷，它将使你的生命变得更有价值。

永远不要吝啬你的帮助

　　一个商人，经常往返于两地之间，他有一头驴和一匹马帮忙运输货物。一个夏日的正午，商人再次带着他的货物和那两只驴马顶着烈日前进。那头驮着沉重货物的毛驴已经累得气喘吁吁，它请求只背负了商人行李的白马说："伙计，帮我驮些货物吧。"

　　是啊，对白马来说，再帮毛驴背些货物也不算什么；可对已然精疲力尽的毛驴来说，却能减轻太多的负担。可是白马却不高兴地回答："我凭什么帮你驮东西，这么轻松我可是乐得呢。"

　　后来，在上路后不久，驴就累死了，于是商人将驴背上的所有货物全部转到了马背上……白马顿时懊悔不已，倘若当时它肯伸出手帮毛驴分担一些货物，此刻也就不会让自己陷入痛苦之中了。

心灵感悟

　　在我们的生命旅程中，在喧嚣中膨胀的自我会经常令我们忽略了一件事，那就是在这个世界上，我们每个个体都是其中的一分子，旁人的幸福与我们的快乐是难以完全割裂的。亲爱的朋友们，请记住在帮助别人的时候，其实就是在帮助自己，予人玫瑰，手有余香。

二、知人知己，准确定位——
找准位置，塑造全新角色

你就是最优秀的

　　古希腊的大哲学家苏格拉底在风烛残年之际，知道自己将不久于人世，就想考验和点化一下他的那位平时看来很不错的助手。他把助手叫到床前说："我的蜡所剩不多了，得找另一根蜡接着点下去，你明白我的意思吗？"

　　"明白，"那位助手马上说，"您的思想光辉是需要很好地传承下去。"

　　"可是，"苏格拉底慢慢地说："我需要一位最优秀的承传者，他不仅要有过人的智慧，还必须有信心和勇气……这样的人选到目前为止，我还未找到，你帮我寻找和发掘一位好吗？"

　　"好的。"助手温顺而恭敬地说："我一定竭尽全力地去寻找，绝不辜负您的栽培和信任。"

　　苏格拉底笑了笑，没再说什么。

　　那位忠诚而勤奋的助手，想尽办法开始四处寻找。可他领来的人，总被苏格拉底一一婉言谢绝了。一次，当那位助手再次无功而返，病入膏肓的苏格拉底硬撑着坐起来，抚着那位助手的肩膀说："辛苦你了，不过，你找来的那些人，其实远不如你……"

　　"我一定加倍努力，"助手诚恳地说，"就算找遍五湖四海，我也要把最优秀的人选挖掘出来、举荐给您。"

　　苏格拉底又笑了笑，不再说话。

半年之后，苏格拉底越发年老了，人选却依然没有眉目。助手非常惭愧，泪流满面地坐在病床边，语气沉重地说："我真对不起您，让您失望了！"

　　"失望的是我，对不起的却是你自己，"苏格拉底说到这里，无比失意地闭上眼睛，沉默了许久，才无限感慨地说："其实，你就是最优秀的，只是你不够自信，才把自己给忽略、给耽误、给丢失了……其实，每个人都是最优秀的，差别就在于如何认识自己、如何发掘和重用自己……"

心灵感悟

　　每个人的身上都有闪光的部分，只是有些人没有发现它的光亮而已。如果想成功，首先要学会正确认识自己，给自己一个准确的定位。

你不妨大胆一次

每个人都有心理薄弱的一面，比如某工地一位瓦工，能扛着百斤重的水泥袋大步如飞，但他却一见耗子就害怕得发抖；再比如有的人一见领导就心慌，紧张得说不出话，还有的人平时很会讲话，但每到一些大场合就吓得不敢开口；还有些英勇的军人，上前线不怕枪林弹雨，下战场却惧怕医生的小小针头。总之，很多人都有各种心理上莫名其妙的弱点，但却很少有人会自觉地去与自身弱点斗争对抗，甚至潜意识里觉得这些弱点是天生的，不敢也不想再做什么改变。

某大学一位心理辅导老师针对学生中出现的类似状况，想出了一套全新的心理辅导方法。一个男同学自小就怕登高，老师便鼓励他鼓起勇气从三楼顶的窗口爬出去，在半空的外阳台上站了5分钟。从此以后，这个男孩子不断做着类似的心理调整，终于克服了自己恐高的弱点。另外有一个女同学过去很畏惧那些灯红酒绿的大宾馆和大酒店，于是这位老师叫她一个人昂首阔步地走进一家五星级的酒店，并且还鼓足勇气对酒店前台说了几句刚刚学会的外语。当这个女学生看到门卫和笑容甜美的服务员向她恭敬地点头微笑后，她曾经的畏惧一扫而光。

心灵感悟

朋友们，请你不妨大胆地挑战一次自己内心最薄弱的地方，也许这会让你突然产生一种所向无敌的信心和力量，经历过这样的蜕变，充满勇气和信心的你，一定会从此开启别样的人生。

小骆驼的心事

一只小骆驼从来没离开过父母身边，这天她被太阳烤得心情烦躁，汗水顺着她的睫毛滴下来，小骆驼问妈妈："妈妈，妈妈，我们的睫毛为什么那么长？沾着汗水好讨厌啊！"

骆驼妈妈回答说："因为当风沙来的时候，我们长长的睫毛可以保护我们的眼睛，使我们可以在猛烈的风沙中依然看得清方向。"

小骆驼看了看背后的凸起，又问妈妈："妈妈，妈妈，我们的背为什么那么驼啊，难看死了！"

骆驼妈妈慈爱地看着她说："这是驼峰，是上天对我们骆驼一族的恩赐，因为它可以帮我们储存大量的水和营养，让我们能够在干渴的环境下不吃不喝生存十几天。"

小骆驼踢了踢地上的砂石，又问道："妈妈，妈妈，那我们的脚掌为什么那么厚啊？"

骆驼妈妈说："因为它们可以帮助我们沉重的身子不会陷入软细的黄沙中，便于我们长途跋涉啊。"

小骆驼这回不再烦躁了，她开心地说："哇，原来我们的身体这么有用啊！我再也不讨厌自己了，相反，我要为我拥有这么多的优点而自豪！"

听到小骆驼这样说，骆驼妈妈也开心地笑了。

心灵感悟

其实，和这只小骆驼一样，我们每个人都会有或者曾经有过类似的感慨，但是，要正确认识自己的价值，才能让自己快乐起来，成长起来。

佛祖的智慧

去过寺庙的人都知道，一进寺院门口，首先映入眼帘的是弥勒佛，笑脸迎客，而在他的背面，则是黑口黑脸的韦驮。但相传在很久以前，他们并不在同一个庙里，而是分别掌管不同的庙。

弥勒佛热情快乐，所以客人非常多，但他什么都不放在心上，常常丢三落四，也不好好地管理账务，所以庙里入不敷出。而韦驮虽然精于管账，但整日阴沉着脸，太过严肃，结果人越来越少，最后香火断绝。

佛祖在查香火的时候发现了这个问题，于是就将他们俩放在同一个庙里，由弥勒佛负责公关，笑迎八方客，于是香火大旺。而韦驮铁面无私，斤斤计较，则让他负责掌管财务，严格把关。寺庙在两人的分工合作下，终于呈现出一派欣欣向荣的景象。

其实在用人大师的眼里，没有无用之人，正如武功高手，不需多么名贵的宝剑，摘花飞叶也可伤人，关键看如何运用。

心灵感悟

知人善用，让人都能在合适的位置上发挥出最大的潜能，这才真正做到了人尽其才。这在现代社会，显得尤为重要。

日本的夏威夷酒吧

有一位日本商人到夏威夷游玩，看到当地的酒吧生意非常火爆，羡慕之余便心生旁念，想回到日本后也开一间这样的酒吧，一定会赚得钵满。于是，他开始留意夏威夷数家著名酒吧的装修风格、道具陈列、音响灯光，甚至向每间酒吧的客人和侍者请教酒吧的经营理念与文化，每个细节都不放过。一个月后，他胸有成竹地返回了日本，并且在一处繁华的街市上按照他胸中的蓝图建造起了一间具有浓浓的夏威夷风情的酒吧。

然而，让期待生意兴隆的商人始料不及，他的酒吧居然生意惨淡、门可罗雀，可怜的日本商人赔得血本无归。他百思不得其解，于是找到了当地一位成功的中国酒吧老板请教。商人问："我耗费了这么多的心血，在这个小城建成了这间酒吧，我的酒吧拥有夏威夷酒吧所拥有的一切，但我不明白，为什么我的酒吧生意反倒没有很多小酒馆的生意好？"那位中国连锁酒吧的老板听后问道："你确定你的酒吧拥有夏威夷酒吧的一切？"商人急道："我是完全按照夏威夷酒吧的样子做的。"中国人笑了："就算你有夏威夷风情的酒吧，可是，你有夏威夷风情的顾客吗？这里是北海道啊！"

心灵感悟

在生活中，我们固然应当为一个灵光乍现的创意和想法兴奋异常甚至得意，但这仅仅是对一份创意的褒奖，如果想让它按照你的蓝图盛开，那么就要懂得给它适合发芽和生存的土壤。

"像"不像

　　山姆的大学生活过得很不顺，他觉得每个室友都看他不顺眼，与同学的关系也搞得很僵，郁闷的山姆晚上来到一处夜市闲逛。这里有几个画速写的画家摆的小摊，山姆发现其中一个画摊前聚集了很多人，生意出奇地好。于是山姆挤了过去。

　　"给我画一幅！"一个衣着邋遢、双眼内凹的青年抢到了位置，那画家异常专注地打量了青年一会儿，然后又让小伙子变换了坐姿和神情，之后画家示意小伙子保持最后的姿势不要动。几分钟后，肖像画交到小伙子手上。

　　"好像啊！"这是围观者们的第一印象，那五官发型和青年简直一模一样；但是这肖像的神情坚毅有神，却又和小伙子略

《化妆间》　塞尚
　　不仅要看见自己身上的消极因素，而且更要多认识自己身上的那种积极因素，激发自己的潜力。

显邋遢的样子不太像。不过，这些都不重要了，因为那小伙子十分满意。接下来，又有几位顾客光顾，而他们无一例外在画家的笔下既保留了面部的"像"，却又在气质上看着比本人显得精神。这时，山姆已经了解到这画家的苦心，原来画家总是希望找到所画对象最美好的气质，然后加以放大，所以他的画才如此受到顾客的欢迎。山姆自省了一番，回到学校后开始像这位画家一样寻找身边每个人的优点，于是，他再也不感觉到郁闷和孤苦了。

绽放的坚持

在一座高耸险峻的山峰上，有一面千尺高的峭壁。一夜春雨过后，峭壁上冒出一丛嫩嫩的青色，那是飞鸟带来的百合种子发了芽。

当这抹青色新露头角的时候，它和峭壁上的杂草并没有什么分别，但它知道自己不是杂草，它青嫩的心灵里有一个念头："我要努力成长，我要绽放出最美丽的花朵来证明我是一株百合！"

于是，这小百合每日将根芽深深地向下扎，努力吸取阳光、水分和峭壁上的营养。这时，旁边的杂草们看不惯了，它们嘲讽百合："嘿，就算你真是百合，但此刻在这悬崖峭壁上，还不是跟我们一样苦命？就算你开得出最美丽的花朵，又有谁能来欣赏呢？"

百合没有理会，它心中的念头更加坚定了："我是百合，我要开出美丽的花；我是百合，我要完成一株花的庄严使命；我是百合，我要用我的美丽来证明自己的价值。"

终于，这株百合在峭壁上绽放了，它素雅的洁白和挺拔的风姿，化作了断崖上最美丽的风景。寒来暑往，这株百合开花、结籽完成了生命的轮回，它的种子落在谷底，第二年，这片山谷到处都开满了骄傲的百合花。

有人闻讯来这里观赏，那骄傲而纯洁的美丽让他们感动得热泪盈眶。

心灵感悟

千里马和伯乐都不常有，如这一株百合，需要做的只是努力不懈地开出最美丽的花来，只要守住一株百合的坚定，总有一天可以绽放出骄傲的美丽。

心的跨越

　　著名的体育明星布勃卡在体坛享有"撑杆跳沙皇"的美誉。在一次新闻发布会上，有位记者问他体育生涯中最难忘的经历是什么。殊不知，这位伟大的"沙皇"却给出了一个出乎所有记者意料的答案。

　　和所有选手一样，布勃卡也曾有过一段状态低落的日子，那时，他似乎忘记了怎样飞跃横杠。一天，他照例来到训练场继续训练，只是布勃卡却怎么也打不起精神，没做几个动作就身心疲惫、叹息连连，他对教练说："教练，抱歉，我实在无法跳过去。"教练将布勃卡的一切看在眼里，他平静地问："布勃卡，你的心里究竟是怎么想的？"布勃卡苦恼地回答："我不知道，但是，似乎只要一踏上起跑线，当我看到那根高悬的标杆时，我的心里忽然就感觉害怕。"这时，教练突然一声断喝："布勃卡，你现在就给我闭上眼睛，把你的心从横杆上跨跃过去！"在教练的厉声训斥下，布勃卡如醍醐灌顶般地惊醒了，他坚定地转身，撑起跳杆又跳了一次，结果轻松地一跃而过。这位现在的"撑杆跳沙皇"向记者们说，如果当时没有教练那一句"心的跨越"，他现在可能早已离开体坛，早早退隐了。

心灵感悟

　　其实对很多人来说，自己心中的那座山就是世界上最难跨越的珠穆朗玛峰，而当我们跨越心中的那座山时，无论结果如何，你都已经成功了！

找到成功

有一个男孩儿学习很差，从小学到中学成绩一直糟糕，孩子的自尊受到极大的打击。但是孩子的父亲心里清楚，其实他儿子根本不笨，只是对文字类的知识很迟钝，才导致学习上有障碍，但这些道理却又没办法跟儿子解释清楚。

失落的男孩变得越发自闭，平常只待在自己的房间，不与外界联系。一天，父亲在儿子的床头发现一些凌乱的画纸，他展开图画，上面画满了儿子在学校所受的各种委屈，画中人物线条流畅，故事也很有趣味。父亲看了半晌，把散乱在床头的画一张张叠好，收拾整齐。

男孩的成绩依然很差，父亲也没有训斥过他，还买了一只宠物猫给孩子排解寂寞。一天，父亲带男孩到动物园去玩。在老虎山外，父亲对儿子说："你觉得老虎和猫哪个更有用。老虎强壮勇猛，是森林之王；猫则温顺可爱，它能抓老鼠，能陪伴人。所谓尺有所短、寸有所长。人们都希望自己是老虎，但其实他们中有很多人是猫，只是猫们自己不知道。儿子，你虽然对文字迟钝，但你的绘画却很好，所以你就是一只优

心灵感悟

找好自己的特点，找到自己的特长，找到自己的位置，然后，你一定能找到自己的成功。

秀的猫。你现在要做的就是跳出老虎的圈子，好好地走你的猫之路。"

从那以后，男孩儿心情大好，专心地追求绘画世界的快乐。后来终于成为漫画界最出色的名家，他的作品《双响炮》、《涩女郎》等红遍全国。这个男孩儿就是朱德庸。

颠覆食物链的骆驼

草原上，有凶残的狼群和健壮的骆驼，恶狼善于进攻捕食，而骆驼的生存手段则是逃跑。每当骆驼与狼群相遇，面对恶狼的进攻，骆驼们常常在大叫一声示警同伴后，便狂奔起来。于是恶狼拼命追赶逃跑的骆驼，起初骆驼的奔跑速度当然不如狼快，但跑着跑着，狼的速度就慢了下来，而骆驼见状则主动放慢速度，仿佛是对狼的一种鼓励。这下狼果然中计，继续发力狂奔，骆驼也继续逃跑。就这样，骆驼一点点地把恶狼引向了无水无食的沙漠深处。直到狼耗尽最后一点力气，呜呼毙命在黄沙之中。

按照"马太效应"的原则——强者恒强，弱者恒弱，食草的骆驼居然战胜了食肉的恶狼，这确实有些不可思议。但事实则是骆驼们巧妙地用耐力和智慧把狼拖垮了，在这场追逐战中，骆驼把自己耐力久长的优势发挥到了极致，扬长避短，最终战胜了恶狼。

心灵感悟

人也是一样，人们最难战胜的，往往就是自己。当我们面对困难和对手时，无论对方有多么强大，我们要懂得找准自己的位置，发掘自己的长处，学会扬长避短。这不仅是战胜困难的技巧，更是生活的智慧。

长得慢的树更能成材

阿尔伯特的母亲死于他出生时的难产，从小大家都认为阿尔伯特是个扫把星。阿尔伯特三岁时还不会说话，吓得父亲带他去医院检查看他是不是哑巴。后来，阿尔伯特终于会开口说话了，但是他讲的每句话都很不流利，反应也很慢。

上学后的阿尔伯特依旧不讨人喜欢，同学们不爱跟他交往，他的老师甚至在看到他做出一只丑陋而粗糙的板凳后，对他父亲说："阿尔伯特是个反应迟钝的、注定没有出息的孩子！"这一切让可怜的阿尔伯特陷入极度自卑里，他开始讨厌学校，甚至开始逃学。

一天，父亲带他来到一片森林，父亲指着两棵树说："这两棵树今年同龄，高的是沙巴，矮的叫冷杉，你觉得哪棵树更珍贵？"阿尔伯特回答道："应该是沙巴树吧，毕竟，它长得那么高大。"

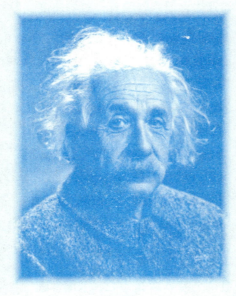

爱因斯坦

爱因斯坦（1879—1955年），20世纪犹太裔理论物理学家、思想家及哲学家，也是相对论的创立者。阿尔伯特·爱因斯坦被誉为是"现代物理学之父"及20世纪世界最重要的科学家之一。

"错！"父亲说，"长得快的树一定木质疏松，反而是那些长得慢的树木才有坚硬的木质，才更珍贵。而且，贪长的沙巴树几乎长到十米高后就不会再生长了。但是冷杉不同，虽然它长得慢，但它的寿命长，可以活上万年，高耸直插云霄！"阿尔伯特仰头看着这两棵大树，他懂得了父亲的意思，希望他做一棵虽然长得慢但却永不放弃的冷杉树。从此，阿尔伯特不再逃学了，他认真学习、不懈努力，后来终于成为 20 世纪最伟大的物理学家——阿尔伯特·爱因斯坦。

心灵感悟

　　当我们因为自己"长得很慢"的时候，不要放弃，请牢记——因为这样的你是为了有足够的耐心去长成一棵参天大树。

成功的最佳位置

　　迈克的学习一直很差，最后他的高中校长甚至让他母亲将他领回家去。望子成龙的母亲很伤心，她把迈克领回家，希望靠自己把迈克培养成才。但迈克对读书没有一点儿兴趣，纵然他为了安慰母亲而努力学习，但他无论如何都学不会那些纷乱的公式和绕口的语文。

　　一天，迈克路过一家雕塑店时，他对橱窗内的一件件艺术品产生了兴趣，之后，母亲发现每当迈克看到木头或者石头这些材料时，都会认真仔细地按自己的想法去打磨和塑造它，直到那雕塑的形象让他满意为止。母亲不希望她的儿子玩物丧志，于是迈克只得继续读书，但同时他也背着母亲偷偷地做一些雕塑作品。

　　迈克的高考成绩让母亲彻底失望了，他没有考上大学，这时母亲对迈克说："你已长大了，可以走自己的路了，我不会再约束你了。"迈克在母亲眼中看到了悲伤，他很难过，于是他离开了故乡去寻找自己想要的东西。

心灵感悟

　　一般而言，人没有绝对的不成功，只是没有处在他（她）正确的位置而已，所以，给自己或者他人一块适宜的沃土，相信一定会实现我们的价值。

很多年后，迈克的故乡 A 市向社会征集一个广场的雕塑作品，最终一位从 C 城来的雕塑师获得了市政府的认可。记者会上，这位雕塑师说："我想把这座雕塑献给我的母亲，我也是 A 城人，但我读书时的失败令母亲伤心失望。现在我要告诉她，我现在在雕塑中找到了自己的成功，希望今天的我不会让她再次失望！"

　　这个来自 C 城的雕塑家正是迈克。

冲出枯井

一头驴子不小心掉进一口枯井，驴主人想方设法想救出驴子，但用尽了各种方法都救不出在井里痛苦哀嚎的驴子。最后，驴主人决定放弃了，他想这头驴子跟了他很多年了，年纪大了，不值得如此大费周章地救它出来，不过无论怎样，这口井还得填起来。于是驴主人喊来左邻右舍请大家帮忙将井中的驴子埋了，以免除它的痛苦。

于是，井边的人们人手一把铲子，开始将泥土铲进枯井里。井中的驴子从不断落下的尘土里意识到了自己的处境，它凄惨地哭泣着。但哭着哭着，驴子就安静下来了，它低头似乎在思考着什么，接下来井中的情况令驴主人和乡亲们大吃一惊：当人们铲落的泥土落在驴子的背上时，驴子做出了一个令人称奇的动作——它身体一晃将泥土抖落一旁，然后踩到铲进井里的泥土堆上！就这样，驴子一次次将大家铲倒在井内的泥土全部抖落在井底，然后再站上去踩踏。很快地，这只驴子便借着不断上升的井底跳出了井口。

心灵感悟

就如驴子落入井中的情况一样，在人生的轨迹中，我们难免会有陷入"枯井"里的时候，甚至会有各种各样的"泥沙"倾倒在我们身上，而我们的人生必须要渡过这段痛苦的岁月才能走向更好的幸福。所以，身在枯井中的我们唯一能做的就是——正确认识自己的处境，将"泥沙"变成向上的阶梯！

最合适的自己

杰特患有动作障碍症，从小到大做什么事都比别的孩子慢半拍，高考时，杰特申请了10所分数最低的学校，他想怎么也会有学校录取他，到最后，他真的连一份通知书都没有收到。后来，杰特看到报纸上一份招生广告，"只要交250美元就可以保证被一所大学录取。"杰特付了250美元，结果真的收到了录取通知书。这是一所贵族大学，一所没有不及格的学校，只要学生能负担得起学费，就没有不被录取的。当时杰特心中只有一个信念："我要用未来去证实自己，我要创造自己的价值。"在贵族学校上了一年大学后，杰特转投到另一所大学，并在大学毕业后进入了房地产行业。杰特22岁时，成立了自己的房地产公司。之后他凭借自己的努力，在美国建造了近一万座公寓，拥有超过9000家连锁店，坐拥数亿美元资产。后来，杰特又入主银行业，做起了大总裁。

他在一次宴会上曾经这样评价自己的成功，他说：每个人都有自己强的一面和薄弱的地方，所以一定要做最适合自己的事。

心灵感悟

也许，我们曾经问过自己千百次，为什么别人可以如此成功，而我们却总在失败中跌倒。难道是我们真的很笨？其实有时候这个问题答案并不重要，因为只要我们懂得做最合适的自己，便可以拉近与成功的距离！

小男子汉的蜕变

　　吉姆小时候，最开心的事就是在爷爷的农场里度周末。对来自城里的吉姆来说，爷爷家被蜿蜒几英里的石墙包围着的房子和谷仓，蕴藏着能勾起孩子所有遐想的乐趣。

　　吉姆8岁时，面对着房子周围的那圈石墙，心里总是有一种强烈的征服欲望。然而他严厉的父母是绝不会同意的。那道围墙太老了，墙体很多处石块已经脱落，有几段围墙已经松散得快要崩塌了。然而，也许是每个男孩儿心中都会有的冒险精神吧，吉姆爬墙的渴望越来越强烈。终于，在那个春天的午后，小吉姆鼓足勇气走进客厅，向正聚在客厅中的大人们宣布："我要爬那圈石头墙！"

　　屋子里的奶奶、妈妈、阿姨闻听，立刻高声地叫嚷起来："不行！你会弄伤自己的！"

　　吉姆耸耸肩，这8岁孩子的心中早已料到大人们的反对，于是，他有些难过地走出屋子。但是没等他踏出门口，爷爷苍老的声音叫住

心灵感悟

　　想做真正的自己，想做勇敢的自己，你需要的仅仅是走出坚定的一步和遇到那个可以让你迈出这一步的人！

了他。

"吉姆！等一等，"接着，爷爷对众人们说，"让他爬吧！小男子汉应该学着自己去闯一闯。"

接下来的整个儿下午，吉姆都在那些古老苍凉的石墙上攀爬玩耍，他享受到了从未有过的快乐。晚饭的时候，爷爷对他说："孩子，今天的你做了你自己，你要永远记住今天的一切，因为这是勇敢的你真正成为男子汉的日子。"

驱虎激豹

　　某动物园年初从国外引进了一只既凶悍又美丽的美洲豹供游人观赏。动物园的饲养员们像对待"亲人"一样细心照顾它，每天准备了精美的饭食招待这位远方来的贵客。动物管理员还特意开辟了一块模拟美洲草原风景的场地供它活动和玩耍，然而这只豹子却始终一副无精打采的模样，整日都闷闷不乐。

　　管理员们想"也许是刚到了异国他乡，有点想家吧？"谁知三个多月过去了，美洲豹依然没有精神，甚至连每日的饮食都吃的很少了，看着它病恹恹日益消瘦的样子，动物园的工作人员们慌了，他们请来兽医为它多方诊治，但医生们检查后却查不出任何病症。这时，一位动物摄影家提议放几只美洲虎到美洲豹的领地里，或许会有些转机。原来这位动物摄影家曾经在拍摄美洲豹的时候发现，每当有虎经过时，美洲豹总会站起来守护阵地，严阵以待。

　　果然，当发现属于自己栖息之所有了美洲虎的加入，美洲豹立刻变得警惕起来，它的胃口也变好了，它那奔跑跳跃时的健美身姿又展现在人们眼前了。

心灵感悟

　　人生如战场，需要时刻激励我们保持旺盛斗志的最有效方法就是——找到你人生的对手。对手的存在有时候就像是一针强心剂，不仅可以帮助我们认清自己，还可以让我们保持昂扬的精神，所以，我们需要对手，更需要感谢对手！

缺点与变强

一位搏击高手在锦标赛最后的决赛中，遇到了一个实力强劲的对手，尽管高手竭尽全力攻击，但他找不到对方拳路中的破绽，而对方的攻击却总能够突破自己的防御，狠狠击在高手身上。最终，搏击高手败在了对手拳下，他失去了冠军的奖杯。

高手回到师父座前，他将对手和他搏击过程中的招式演练给师父看，并请求师父找出对方功夫中的破绽，他希望苦练出足以攻克对方破绽的拳法，在下次比赛时，打倒对方，夺回失去的冠军奖杯。

师父看过之后笑而不语，随手在地上画了一条线，要徒弟在不能擦掉这条线的情况下，设法使这条线变短。

怎么能让那条已经刻画好了的线变短？搏击高手百思不得其解，他想尽办法都做不到，最后不得不再次向师父请教。师傅的解决之法很简单：在原先那条线的旁边，又画出一道更长的线。这样两者比较相看，自然原先的线比开始短了一些。

师父开口解释道："拳法取胜的关键，不仅仅在于要击破对手的弱点，更在于增强你自己的实力。正如地上的两条线一样，只有自己变得更强，才能战胜那另一条原来就很长的线。所以，解决问题的根本就在于如何使自己更强。"

赢得胜利的方法有很多，我们可以细心找到对方的破绽或者弱点，有针对性地进行攻击；然而，更为稳固和有效的方法，则是正确认识自己，让自己变得强大，这才是根本所在。

让你的美抬头

欣欣是个总爱低头的小女孩，她一直觉得自己长得不够漂亮。有一天，她到饰物店买了只红色蝴蝶结，店主不断赞美她戴上蝴蝶结非常的漂亮，欣欣虽然半信半疑，却异常高兴，不由地昂起了头，急于让大家看看，以至于出门时没有留心，与人撞了一下。

《维纳斯的诞生》　波提切利
每一位花季少女都是美丽的，昂起你的头吧，向人们展示你的自信和美丽。

欣欣充满自信地走进教室，迎面碰上了她的老师，"欣欣，你昂起头来真美！"老师爱抚地拍拍她的肩说。

那一天，她得到了许多人的赞美。她想一定是蝴蝶结的功劳，可当她拿出镜子一照，头上那朵漂亮的红色蝴蝶结已经不翼而飞了，一定是在出饰物店时与人发生碰撞的时候弄丢了。

自信原本就是一种美丽，而很多人却因为太在意外表而失去很多快乐。

心灵感悟

无论是贫穷还是富有，无论是貌若天仙，还是相貌平平，只要你昂起头来，快乐会使你变得可爱——人人都喜欢的那种可爱。

临摹与创新

昔日某地有两家书院，两家书院的院长都是书法精湛的高手，甲书院院长是一个极推崇古人笔法的人，他认真地模仿古代大贤，讲究每一笔都要形似某某，比如某字的一横要像苏东坡的，某字一捺要像王右军的。而且，每逢通篇临摹得十分相似时，他便颇为得意。

乙书院院长则正好相反，他也是苦练书法，但是他不喜欢模仿古人笔体，反而力求每一笔落下都不同于古人，讲究笔锋自然，只有通篇写过全是自己的风格，才觉得心里舒服。

有一天，甲书院院长嘲讽乙书院院长说："兄台，请问您的字哪一笔有古人的风采呢？"

乙书院院长听后并不生气，而是笑眯眯地反问了一句："那么兄台，在下也请问您一句，您的书法中究竟哪一笔是您自己的风格呢？"

心灵感悟

其实我们无需介怀到底是刻意临摹古人的书法更优秀，还是自行创出一种字体的书法更难得。因为我们始终坚信，人各有所长，有的人善于学习，有的则善于创新，只要找到自己擅长的位置就好，但是需要牢记的是，一味地模仿别人者不要在模仿中泯灭了自己的个性，而开辟一条新路的人也要当心途中的种种，不要迷失了自己。

不变的你

在一场大学的公开课上，一位著名的心理学家上台后没有做任何发言，却将一张 100 美元的钞票拿在手里，他面对着教室里的学生问道："有人想要这 100 美元吗？"台下一只只手举了起来。接着心理学家说："我会把这 100 美元送给举手的同学们中的一位，但请准许我先做一件事。"

心理学家说着把崭新的钞票揉成一团，然后问："还有人要吗？"台下仍有人举手。他笑了笑，又说道："那么，这样之后还有人要吗？"说着他把揉成一团的钞票扔到地上，又踏上一只脚碾它，然后他拾起变得又皱又脏的钞票问道："现在还有谁想要？"台下的学生中依旧有人举起手来。

这时，心理学家说："同学们，你们刚刚上了一节很有意义的课。我们看到了，无论我如何对待那张钞票，你们还是想要得到它，因为它的价值并没有因为皱、脏、破损而贬值，它依旧是一张 100 美元的钞票！所以，同学们，当人生在经历磨难的时候，不要气馁，想想这张不会被人放弃的钞票，只要你不放弃自己的价值，你就不会被人放弃！"

心灵感悟

人生路上，我们会无数次被困难和逆境击倒、欺凌甚至被命运踩踏得粉身碎骨。这时的我们自己似乎变得一文不值了，但无论怎样，请牢记——生命的价值取决于我们本身。这种认知不会因为你遭遇的逆境或者不公平而有所减损，只要懂得这点，你的价值永远存在。

缺陷变优势

　　在以瘦为美的现代社会中，胖女孩往往是懒惰、不节制的代名词，但是，就是一个胖胖的女孩，曾经在一次上千人的体育馆里面赢得了比瘦女孩更热烈的掌声。

　　那是某大学举办的一次演讲比赛，原定8点的比赛因设备故障推迟了2小时。比赛共有24名参赛者，而抽到最后一名出场的是一个胖女生。我们都知道，临近中午时再动听的演讲也敌不过午饭的诱惑，更何况压场的选手是如此的其貌不扬。12点一刻，体育馆中的观众开始小声地喧哗了，而等到主持人宣布"24号选手上场"时，一个胖胖的女孩子信心满满、精神抖擞地站在讲台上，她微笑而平静地环视了一圈赛场，然后说道："我是今天最后一个上场的选手，好在我体重比较重，希望能压得住这根大轴！"

　　话音落下，全场先是一片笑声，随即爆发出热烈的掌声，饥饿的观众用欢乐压制住了离开的情绪，并且用足够的耐心听完了她为时8分钟的演讲，最后场内再次响起了雷鸣般的掌声。

心灵感悟

　　生活中处处都有各种各样的磨难，就算是它想给我们一个幸福的生活，也会在之前先送给我们一些缺陷或者不足来磨练我们的意志，所以，我们要时刻保持一颗积极而清醒的心，将我们的不足转化成别人难以企及的长处，然后，你会发现，你的世界也许正是因为你的缺陷而精彩！

青蛙的飞天梦

　　一只健壮的青蛙在两栖动物运动会中获得了两枚金牌，获得了青蛙们的尊重。然而当它看到天空的鸟儿时，它想："我只能在水里游泳、地上跳跃，如果我能学会飞行，那么我将成为青蛙史上最伟大的英雄。"

　　于是，青蛙制定了一份详尽的飞翔健身计划，每日苦练飞行本领，但是无论青蛙怎样练习，都无法让自己翠绿的身体在天空飞翔，哪怕一秒钟。历经数次失败，青蛙并没有放弃，而是不断反思自己的飞翔方法有什么不对。接着它在池塘边的大树下仔细地观察鸟儿的飞翔，它发现原来飞鸟都是在高高的树杈上起飞的。于是青蛙觉得自己明白了，原来它没法飞起来，是缺少一处起飞的平台。于是，青蛙便沿着这棵大树的树干，爬上了一处斜伸的枝头。青蛙大声呼喊族人都来见证青蛙史上最伟大的一刻，接着，它像飞鸟一样向天空奋力一跃，但见那一道青色的身影在平抛出去后不久就开始向下坠落，最后重重地砸在地上，一命呜呼。

　　青蛙们想不明白：它们最强壮的英雄为了圆自己的梦想做了详尽的计划，进行了艰苦的锻炼，甚至最终也找到了最好的方法。但是这一切，却导致了青蛙英雄的死亡，为什么？

　　原因很简单，没有翅膀，却偏偏想要练习飞翔，怎么会成功！

心灵感悟

　　人贵自知，因才而用，强迫自己做力所不及的事情，最终的结果只能是毁灭自己。

穿合脚的鞋

　　一个男孩子出生在布拉格一个贫穷的犹太人家里。他的性格十分内向、懦弱，又敏感多愁，甚至会经常觉得周围的一切都对他具有威胁。他的父亲想尽办法要把他培养成一个标准的男子汉，希望他具有宁折不屈、刚毅勇敢的性格。

　　但事实上，在父亲那粗暴、严厉且又很自负的培养模式下，他的性格不仅没有变得如他父亲期望的那样刚烈勇敢，反而更加懦弱和自卑，并从根本上丧失了自信心，以致生活中每一个细节、每一件小事，在他看来都是一个不大不小的灾难。他一度被认为是一场人生的悲剧，毫无希望可言。

　　然而，令人们意外的是，这个男孩后来成了 20 世纪上半叶世界上最伟大的文学家，他就是奥地利的卡夫卡。

　　卡夫卡是如何取得成功的呢？因为他找到了适合自己穿的鞋，他

心灵感悟

　　诚然，人的性格是与生俱来的，很难靠外力和后天生硬地加以改变。就像我们的双脚，脚的大小是无法选择的。那么，别再抱怨你的双脚，还是去选取一双适合自己的鞋吧！努力去寻找适合你做的事情，成功一样会如期而至。

性格中内向、懦弱、多愁善感的特质，正好适宜从事文学创作。在这个不被人打扰的艺术王国中，在这个自由的精神家园里，他的懦弱、悲观、消极等弱点，反倒使他对世界、生活、人生、命运的认识更为尖锐、敏感和深刻。同时，他以自己在生活中遭遇的压抑、苦闷为题材，开创了一个文学史上全新的艺术流派——意识流。在他的作品中，荒诞的世界、扭曲的观念、变形的人格，被他解剖得淋漓尽致，从而在世界文学史上留下了《变形记》、《城堡》、《审判》等诸多不朽的巨著。

斗志昂扬地奔跑在生命的路上

一名长跑运动员参加省运动会，首先是 5 人小组的预赛，他的教练对他说："孩子，其他 4 人的实力不如你，加油。"结果，这名运动员果然轻松地拿下了第一。之后是 10 人的预赛，教练又将同组人的成绩拿给他看，他发现这些对手的成绩不如自己，接着他又跑了第一名。最后是 20 人的决赛，教练指着其中一个选手对他说：战胜他，你就会胜利！接下来的比赛中，运动员紧跟着教练指的那个选手，一路拼搏，最终获得了冠军。

第二年这名运动员又来参赛，只是去年的老教练已经退休，而新教练又与他沟通不够。在 5 人预赛中，他勉强拿了个第一名；之后的 10 人预赛中，运动员只拿到了第 2 名，而在最后 20 人的决赛里，他最后的名次是第 5 名。

事实上，这次运动会的其他参赛运动员与去年参赛时的水平完全

心灵感悟

一个真正优秀的人才，他的自信必定恒久不衰。一个对自己缺乏自信的人，即便曾经是一块金子，最后也必定堕落为一粒沙。所以，朋友们，让我们坚定自信，让自己在生命的奔跑中永远斗志昂扬！

相同。

　　这个故事里，我们无需责备新任教练的过失，毕竟在真正的生活中，我们不会知道自己对手的实力。所以我们往往会因为缺乏自信而主动地把自己放到与实力不相匹配的较低的位置上。

一只断了的箭

　　儿子看了看箭囊，厚牛皮打制，镶着幽幽泛光的铜边儿，很是精美。再看露出的箭尾，很显然是用上等的孔雀羽毛制作。儿子喜不自胜，甚至在推想箭杆、箭头的模样，耳旁也仿佛掠过嗖嗖的箭声，敌方的主帅也应声折马而毙。

　　果然，配带宝箭的儿子英勇无比，所向披靡。战斗接近尾声的时候，儿子再也禁不住即将到来的胜利，将父亲的叮嘱抛到了九霄云外，强烈的欲望驱使他呼一声就拔出宝箭，以解开心中的谜团。然而，骤然间他惊呆了。

　　一只断箭，箭囊里居然装着一只折断的箭。

　　原来，我一直带着一只断了的箭打仗！儿子想想后怕极了，不由得出了一身冷汗，仿佛顷刻间失去支柱的房子，他的意志坍塌了。

　　结果，儿子惨死于乱军之中。

　　拂开蒙蒙的硝烟，父亲拾起那支断箭，沉重地叹息道："不相信自己的意志，永远也做不成将军。"

心灵感悟

　　不相信自己的意志，永远也成不了将军。真正的箭其实在自己的心里，若要它坚韧，若要它锋利，若要它百步穿杨，百发百中，只能从内心磨砺它，相信自己才是真正的强者。

　　真正的勇气来源于自身，来源于自信，而不是其他的什么东西。古时候，一对父子出征打仗。父亲已成为将军，儿子还只是马前卒。一阵号角声响起，战鼓齐鸣，父亲郑重地托起一个箭囊，里面只插着一支箭。父亲庄重地告诉儿子："这是家传宝箭，配带身边，它将赐予你无穷的力量，但千万不可抽出来。"

向前看，向后看

中亚有这样一则寓言，有个不讨人喜欢的砍柴人，每次砍柴时都挑着根扁担，扁担前后各有一个筐。他在前面的筐写着他看到的别人的缺点，而后面的筐里则上写着别人指出的他自己的缺点。他砍柴的时候总会将砍到的木柴平均装到这两只筐中，然后再担柴下山。这样他就总是能看到别人的缺点，而忘记自己的缺点，他为此而沾沾自喜，很是高兴。但是，慢慢地时间长了之后，砍柴人扁担前面的筐子随着砍柴人记忆的加深变得越来越重，而扁担后面的筐子却随着砍柴人记忆的忘却变得越来越轻。于是，一天天地，随着担子的重量越来越不平衡，砍柴人的道路也变得越来越不顺，脚步也越来越艰难。

当然，如果我们把筐的前后倒过来，肯定也是同一番模样。只看到别人的缺点却无视自己的不足，是骄傲自大、目中无人，这种人最后当然会被社会和环境所厌恶和抛弃；然而，每日只看得到自己的缺点而自怨自艾、妄自菲薄，这种人最后也终将会被自己不断加给自己的包袱压得窒息而亡。

心灵感悟

我们的世界是个平衡的世界，我们会经常看到别人的缺点，也会看到自己的，此时，我们要做的就是有过改之、无过嘉勉。学会包容他人的缺点，克服自己的缺点，从而减轻生命的包袱，轻快地走在人生路上，走得更快更好。

给自己一个未来的榜样

一位老画家厌倦了城市的喧嚣，回到自己故乡的小镇上养老。画家的房子就在镇中心不远的地方，画家很喜欢小镇的安静平和，没事儿的时候他还喜欢在窗前感受空气中纯洁的味道。每天，画家都会看见一个乞丐坐在马路对面，乞丐的眼中流露出的绝望，让老画家很担忧。一天，画家决定为这个屈服于生活压力的乞丐画一幅肖像画，希望可以拯救乞丐已然绝望的灵魂。

老画家画得很像，在作品即将完成的时候，他在画中乞丐失神的眼睛上改了几笔，立时使这双眸子闪现出了对梦想的希望之光，他也稍微修了修这个乞丐的脸，使他脸上的肌肉看上去更坚实了一些，那坚毅的轮廓显现出坚韧的意志。

作品完成后，老画家走到马路对面，将手中的画像交给这个贫困潦倒的人。乞丐没有认出画上的人是自己，他问："这是谁？"老画家笑而不语，乞丐看到画中人的脸与自己有几分相似，他犹豫着问道："这个人难道是我吗？"

"是的，这是我眼中的你。"画家回答。

乞丐捧着这幅画，激动地双手颤抖，他挺直了腰杆，眼中也充满光彩，他向老画家鞠了一躬，"谢谢您，尊敬的先生，我保证他就是将来的我。"

心灵感悟

这里，我们想说的不仅仅是老画家的善良和慈祥，更重要的是每个人都应该善于发掘内心那个充满希望和无穷能量的自己，那是洋溢着斗志和勇气的战士。只要善于发现自己，发现自身蕴藏的能量，未来必定是美好的！

对手带来进步

有两位画家，在巴黎都享有盛名，但是这两人从不往来，却又总是密切关注着彼此的一举一动。他们时常在报纸和电视媒体上互相指责批评，比如："某某的最新一幅作品，画的丝毫没有层次，简直就是废纸"，或者是"某某的画风用笔苍白无力，布局颠三倒四，整幅画不知所云！"

一次，甲画家为了准备参加一个国际绘画大赛，在工作室中废寝忘食地连续画了五天四夜，除了吃饭睡觉之外，整个人都扑在设计作品上。就在甲画家的作品将要完成的时候，有一位记者前来拜访他，画家就在自己的工作室接待了记者。画家一面心不在焉地应付着记者的问话，一面瞄着自己的作品。忽然画家大笑一声："我猜那个老对头如果看到这幅画，一定又会在这人物的脸部线条上挑我的毛病！"

记者先是愣了一下，接着有些不解地问他："既然您知道乙画家会对这个地方批评，为什么不把这幅画修改好呢？"

以人为镜可以鉴得失，好的对手是我们调整自己的最重要标杆。倘若生活中缺少了好的对手，也许我们在人生的航行中会迷失方向。

画家神秘一笑："我为什么要让他不再批评呢，要知道，如果他不再批评了，我新作的创意也就没有了。"

记者想了想，轻轻地对画家说："先生，乙画家今天早晨因一场意外的车祸，去世了。"

甲画家愣住了……

从此，甲画家再没有优秀的作品出现。

金子与石子

有一个年轻人在岗位上原地踏步了 3 年，一直得不到重用，他为此十分苦闷。一天，年轻人专程去城外的佛寺请高僧指点迷津。经过半日的奔波，正午时，年轻人终于见到了他想拜见的方丈，年轻人向方丈一躬到底，他讲述了自己的困惑和痛苦，他觉得命运对他何其不公，他希望方丈帮他解除苦闷。

方丈听后没有说话，而是走到树下捡了一颗石子，让年轻人看了一眼后就丢到远处的一片树丛中，他回头对年轻人说："请您将我刚才扔出去的石子找回来。"年轻人在树丛下的乱石堆中翻寻了半天也没找到，因为他根本分不清到底哪一颗是老人扔出去的石子，它们看起来都差不多。

年轻人无功而返。方丈回到禅房取出一粒黄金念珠，还是让年轻人看了一眼后就同样扔到刚刚那片树丛中，让年轻人再去找回来。这次，年轻人轻轻松松就找到了——那枚闪着金光的念珠。

方丈看着他慈祥地笑了，年轻人猛然醒悟了：当自己只是一颗石子时，他实在没理由埋怨命运对自己有多么不公平。年轻人向方丈鞠躬道谢，回城后，每日努力充实自己，结果在年底就收到了升职通知。

心灵感悟

事情就是这么简单，命运永远掌握在自己的手中，怨天尤人的懦弱表现远不如好好反省一番。摒弃杂念，完善自我，当自己像金子一样发出光来之后，我们自然会轻易脱颖而出。

选 择

史怀哲是历史上著名的宣教医生。

他在上小学的时候，有一天同学们提议放学后去山上抓鸟儿，善良的史怀哲本不想去，但又怕遭到同伴的耻笑而不敢拒绝，最后他还是和同学们一起去了。

小伙伴们爬到后山的一棵大树下，只听见树上鸟儿歌唱、无比欢畅，他的同伴们兴奋地将石子儿装上弹弓，打算发弓射鸟。史怀哲心有不忍，却因害怕被嘲笑而犹豫不决。此时，山下教堂响起了钟声，肃穆的钟乐声和鸟鸣共唱，优美犹如天籁。史怀哲猛然跳起来大喊着把鸟群全部惊散，然后在同伴们一片惊愕中，跑下了山。

从那天起，他坚定了一个信念："尊重生命，远比被别人嘲笑更加重要。"

也就在那一天，史怀哲了解到了属于自己的优先顺序。他明白了自己想要什么，不要什么，并且他知道了即使被嘲笑，也应勇于表达自己尊重生命、爱护生命的思想。

心灵感悟

我们的一生总要遇到无数选择，尤其会经常在同一个时间遇到两个甚至更多的多项选择。此时每个人都应想好属于自己选择的优先顺序，而不应过分在意别人的看法和评价，否则只会令我们的自尊越来越低。要知道坚定并确立我们的自我形象，并成为独特的人，才能让我们的生命呈现出全新的风貌。

疯狂的石头

一个在孤儿院里的小男孩总是郁郁寡欢，他问院长："没人愿意要我这样的孩子，我这样活着还有什么意思呢？"

院长听后沉默了一会儿，笑着摸了摸孩子的脸蛋儿就离开了。第二天，院长给了男孩一块石头说："下午，你拿着这块石头到集市上去卖，但你要记住，无论别人出多少钱，你都绝不能卖掉它。"

于是，男孩拿着石头来到市场，当他开始说明自己是来卖手中这颗石头之后，惊奇地发现有很多人都对他的石头感兴趣，而且大家出的价钱愈来愈高。男孩回到孤儿院兴奋地向院长报告，院长对他说："明天你把石头拿到黄金市场去卖，记住，依然不可以卖掉。"在黄金市场上，有人要用比昨天高 10 倍的价钱买男孩儿的石头。

第三天，院长又让孩子把石头拿到珠宝市场上去卖。结果，石头的身价竟然又涨了 10 倍，由于男孩怎么都不肯卖，这石头更被传扬为"绝

心灵感悟

要知道，人的价值最先取决于人对自己的态度。请珍惜独一无二的自己吧，然后再去不断充实自己，提升自己，让自己的价值被世界认同。

世奇珍"。

男孩开心地捧着石头回到孤儿院，他向院长询问原因，院长望着孩子说道："生命的价值就像这块石头，在不同的环境下就拥有不同的意义。这块石头，由于你的珍惜而提高了自己的价值，被传为稀世珍宝。我希望你可以像这块石头一样，珍惜自己，相信自己，让生命变得更有意义和价值。"

最好的橘子

　　一位教授在某次演讲中曾这样说：我的母亲很喜欢吃橘子，但是我从不吃橘子。父亲母亲有时候买了橘子之后就劝我吃上几个，说橘子富含维生素、维他命等成分，经常食用有益身体健康；又或者直接说今天的橘子口感特别好，等等，但是我每次都只用一句话回答，就是再好

《静物》　塞尚

　　没有什么人可以得到全世界的喜欢，但他只要在喜欢自己的人面前绽放美丽就是成功的。

的橘子我也不喜欢吃！因为我讨厌橘子的味道。

接着，教授对下面的同学们说：“同学们，请你们记住，当你变成了一只橘子后，哪怕你是一只再好的橘子，这个世界上也同样会有人不喜欢你。”教授说到这里，又看了看台下的人群，接着说：“当我们不能保证可以被每个人都喜欢的时候，就将你所能做的做到最好。我们虽然无法做一只人人都喜欢的橘子，但我们一定要努力做一只最好的橘子！”

教授的演讲获得了相当的成功，台下的掌声经久不息。学生们对教授的精彩演讲致以极大的谢意。因为教授传递给大家的是一份真诚的生命体验。

心灵感悟

在我们的生活和工作中，难免遇到他人对我们有所不满，此时，我们应当检点自身缺点，力求做到更好。诚然，我们也会有很多力不从心的时候，甚至有时的失败并非我们的过错。但这个时候，请你想一下教授的演讲——这个时候我便对自己说：“我们虽然无法做一只人人都喜欢的橘子，但我们一定要努力做一只最好的橘子。”

寻找自己的舞台

张丽从美国留学归来，朋友们见了她都说她好像变了一个人，原本在相貌甚至气质上都有点像丑小鸭的她，如今俨然已经完成了天鹅的蜕变！在同学聚会上，张丽谈起在美国的经历。她在赴美后不久，一位美国女同学就邀请她去家里吃饭，吃饭的时候，同学的家人经常盯着她看，张丽有些不安，难道中国人的脸孔在这边会遭到歧视吗？出于礼貌她并没有表现出任何不安。

第二天在学校，女同学对她说："亲爱的，我家里人全都为你的美丽而吃惊呢！"张丽怔了怔，原来竟是这样！原本在中国不被认可的小眼睛和古铜色的皮肤在美国却是印第安美女的标志。求学期间，她特别受到男同学的青睐，就连很多女同学也很欣赏她，性格直率的美国人不

心灵感悟

我们每个人都希望自己的美丽被别人发现和重视，但事实上，美丽也是需要一个合适的位置的。找到自己的位置，便会如夏花般绚烂；反之则无法绽放，只能在风雨中飘零。为了寻觅自己的恰当位置，朋友们，让我们用双手开辟出一块属于自己的美丽舞台吧！

住地称赞她漂亮。

　　张丽的自信从此变强了，她内心对美丽的追求也一下子被唤醒了，接着她开始着意地修饰打扮起自己，姑且不说是否这样打扮会让她真的变漂亮，但是这种行为的本身对张丽来说就已经是一件美丽的事情了。

　　参加聚会的同学们说，张丽在那边受欢迎也不单是有着符合美国人审美标准的面孔，也是因为张丽的性格有着美国化的开朗活泼，因而才能像鲜花般绽放在美利坚，这也算是因地制宜吧。

黄蜂飞

见过黄蜂吗？见过煽动翅膀在空中跳舞的黄蜂吗？

香港动物园曾经举办过一届动物研讨会，当时有几位日本动物学家正在向其他人讲述他们对动物飞翔的原理的结论：凡能飞翔的动物，它们的形体构造必然是身躯轻巧而双翼修长的。话音未落，恰巧几只黄蜂飞过会场，台下一片哗然，那几个动物学家顿时一阵尴尬。

第二天，这几个日本动物学家带着一只黄蜂标本去请教一位物理专家。物理专家对着那金黄色的小东西端详了半天，望着黄蜂肥胖粗笨的体态和一对短小的翅膀摇摇头，连连感慨不可思议。因为根据流体力学原理，它根本就飞不起来。

最后，这些日本人又找到了一位社会行为学家，希望能从行为学上得到答案。社会行为学家听完众人的疑惑就笑了，她笑说："这难道还算问题吗？很简单呀！因为作为黄蜂，它必须飞起来，否则它只有迎接死亡。"是啊，幸亏黄蜂的世界里没有生物学，也没有流体力学，否则，黄蜂可能一生都不想、也不敢飞向天空了。

心灵感悟

经验与知识是岁月馈赠给人类的重要财富，是帮人们走向成功的基石，但也正因为它们是如此的珍贵，所以我们往往很难立刻领悟；反而有时候，这些经验也会转化成羁绊甚至包袱。记住——生命短暂，它永远都期待和希望着我们可以挖掘自己的无限潜能，这与外界对我们的认知无关，只要我们能够正确认识自己。

放弃的成功

　　一位企业家朋友在接受记者采访时被问到成功的秘诀，企业家毫不犹豫地回答道："第一是坚持，第二也是坚持，第三还是坚持。"正当记者心里好笑的时候，企业家又说了一句，"第四是放弃"。

　　记者不明白，放弃难道也会成功？企业家解释说，成功源于努力和坚持，但有时候当我们确实很努力地坚持后，结果依然是失败，这时就不是努力不够的原因，而是坚持的方向是否正确的事情了。所以，果断地放弃就是此时最明智的选择。人，千万不要在一棵树上吊死。

　　传说古代一位皇帝曾经在殿试的时候给进士们出了一个对联"东当铺西当铺东西当铺当东西"，要举子们对下联。其中一人想了一下就直接说对不上来，正当其余人还在冥思苦想时，皇帝就直接点了那个放弃举子为状元。原因很简单，一是这个上联甚难，几乎可以说是绝对；二来，那放弃的考生心中明白，皇帝的对联，对上了自然是表现才思敏

心灵感悟

　　成功的路上坚持是捷径，也是必经之路。然而，当意识到方向出现偏差，就要及时审视自身存在的问题，正确估量自己的位置和能力。放弃，同样也是成功的一部分。

捷，但是也就是比皇帝还才思敏捷了！

　　其实，放弃在这种时候，本质上是对自我的认知。明确自己的位置，正视自己的能量，而不是盲目地冲锋陷阵，更不是闭上眼睛自怨自艾。

一段录音

一位老教授在学生临近毕业时忽然患了眼疾，据说什么都看不见了。敬仰教授的学生们纷纷来到教授家中看望，教授亲切地询问每个来看望他的学生："你是谁？你的梦想是什么？毕业后准备去什么地方？做什么……"

学生们见老教授在眼睛失明之际居然还这样关心他们，都很感动。于是大家把自己的情况和想法如实地告诉了教授，老教授一边听一边不时地说着些鼓励的话语。而且在每位学生离开时，教授都会握着同学的手语重心长地说同一句话——孩子，要记住，永远记住你自己是谁！同学们感觉怪怪的，觉得教授有些唠叨，但大家都没往心

塞尚

老人们是有智慧的，他们往往将自己一生的经验都传授给我们。

里去。

在学生们临毕业的最后一天，老教授的眼睛突然复明了，他走到毕业典礼的讲台前说："感谢你们，在我失明痛苦的时候，是你们的关怀和祝福让我又重见光明！为了表示感谢，我也为你们每一个来看望我的同学做了一件礼物——就是我们在我家谈话的录音。我当然祝福你们以后万事顺利，但是，假如以后你们有失意迷茫的时候、有低落困惑的时候，请听听这盒录音带吧……"

心灵感悟

在人生路上，人总有许多追求和梦想，但是，有多少人会歇一歇、想一想——自己是谁、自己应该干什么？"我是谁"其实是一个永恒的人生命题，什么时候我们真正把这道命题做好了，我们的人生也就好了。

害怕鸡鸣的狮子

狮子来到上帝面前恳请说："上帝啊,请您让我不要害怕鸡鸣好吗?虽然我拥有雄壮威武的体格、强大无比的力气,但是我总是会被鸡鸣声给吓醒。请求您赐给我力量,让我可以不再害怕鸡鸣吧!"

上帝说: "去找比你的体格更强壮,力气更强大的大象吧,它会给你答案的。"

狮子来到森林去找大象,还没见到大象,就听到大象愤怒的吼声:"讨厌的蚊子,不许钻进我的耳朵里!"只见大象正在拨浪鼓似的摇着脑袋,咆哮着甩它的一双耳朵。狮子见状心想:"原来体型比我还巨大的大象,也会怕那弱小的蚊子,那我还有什么好抱怨的呢?鸡鸣也不过一天一次,而蚊子却是时时刻刻都骚扰着大象。我可比大象幸运多了。"狮子霎时就明白了上帝的苦心,原来上帝的意思就是想告诉它,谁都有弱点,既然如此,那我们只好通过自己的努力来克服心中的恐惧!最后,狮子想:干脆以后就把鸡鸣当做叫醒自己起床的闹钟吧!从此以后,狮子再也没有被鸡鸣吓到过。

心灵感悟

无论是多么强大的动物或者是我们人类,在漫长或者短暂的生命里面,总会遇上一些苦难,这困难也许是不顺的事、也许是心中的恐惧,但是,我们要相信自己的力量,没有什么是不可战胜的,坚持到底,努力奋斗,最终我们可以获得生命的胜利!

心中的那一块砖

　　初一的军训课，有一堂培养孩子们跨越能力的训练，其实就是让孩子们翻越一个障碍墙。因为这些初一学生个子都不高，教官还特意摞起了两大块青石砖放在障碍墙前的起跳处，又用帆布盖在砖上。接着，一群十几岁的小孩子一个个儿连滚带爬地全都采取非规范的动作翻了过去。小东是班里最矮的男生，见到马上要轮到自己，不由紧张得心肝乱跳，脑中不停地重复着教官讲解的动作要领。教官一声令下，小东一阵助跑，然后起跳、搭手……然而还没等肘臂在障碍墙上挂稳，他就滑了下来。"再来一次！"教官大声地命令道。当小东第三次失败的时候，抬头看看那两米多高的障碍墙，竟升起一种此墙无法翻越的泄气念头。

　　教官看了看小东，没有理会他手肘的淤青，大喝道："再来一次！"

心灵感悟

　　有时候，因为我们对自己的能力缺乏了解，所以常常希望借助旁人旁物的帮助，但殊不知，其实那攻克难关的钥匙就在我们心里。所以，想要战胜困难，首先就是战胜自己心中的那堵墙。

"教官，能帮我加一块砖吗？"小东轻声请求教官。教官想了想，点头应允。小东趁教官加第三块砖时回到起跑处，深呼吸，准备，在教官再一次命令下，一路冲刺、起跳、伸臂、翻越……终于站到了障碍墙的另一面。这时教官让小东到障碍墙起跳的地方揭去盖住砖块的帆布。小东揭开帆布后发现摞着的依然只是两块砖。教官说："知道了吗，那多的一块砖就在你自己的心里。"

换个位置想

　　"超人"的扮演者克里斯多弗·里夫在 1995 年的一次坠马中受了重伤，导致颈部以下完全瘫痪。接下来的几年，里夫凭着坚强的意志始终在与死神进行勇敢的抗争。在知觉训练进行一年后，他脊椎的末端神经又恢复了知觉。只是那知觉仅仅限于对疼痛的感知，"但这疼痛让我感觉很舒服，请相信我说的都是真的。"克里斯多弗·里夫说。

超人剧照
希望我们每个人都可以做自己的主人，做一个自己生活中的超人。

对大多数人来说，疼痛是一种折磨，但老"超人"的痛，却是他生命的一种幸福。1992年的时候，一些心理学家曾在当年巴塞罗那奥运会田径比赛的终点处，用摄像机记录了数十名金牌、银牌和铜牌获得者的情绪反应。心理学家们发现，在完成冲刺之后和站在颁奖台上的录像里，"季军"往往看上去比"亚军"更高兴。

这些心理学家们认为：很多铜牌获得者通常不是对自己的比赛名次期望很高的人，对他们来说获得铜牌已经很高兴了；而银牌得主则大多是冲着冠军而来的，所以他们会为没有取得冠军而难过。尤其在领奖后对获奖运动员采访时，许多亚军都伤心地说：只差一点我就夺得冠军了。反而季军得主们的心态要好得多：呵呵，差一点就取不到名次了。

心灵感悟

站在不同的位置上看同一个问题，往往会得到不同的答案，所以，当你为自己伤春悲秋时，朋友，换个位置吧，也许你能看到春蚕的茧丝和丰硕的果实！

三、滴水之功，成就梦想——
推动前进步伐的"永动力"

坚持与成功

有一天，苏格拉底对他的学生们说："今天我想让大家做一件看似简单但未必能做好的事情，你们每人把胳膊往前甩，然后再往后甩，从今天开始每人每天坚持做两百次，看谁能坚持时间最久。"学生们听了之后都说太简单了，并且开始按照老师的要求每天做。

一个月过后，苏格拉底问学生们每天甩手两百次，有谁坚持了，结果有百分之八十的人举起了手。又一个月过去了，苏格拉底又问有多少人坚持做了，然而这回坚持下来的人就只有一半了。之后的几个月坚持做下来的人变得越来越少。一年过去了，苏格拉底又一次问他的学生们，还有谁在坚持每天做这样简单的甩手两百次运动？这时，大家都低下了头，为自己当时自认为简单，而后又无法坚持的做法感到羞愧。

就在这时有一只手高高地举了起来，苏格拉底目视着眼前的这个年轻人，年轻人眼睛里闪着坚毅的光芒。这个年轻人就是柏拉图，之后成为了古希腊乃至世界都声名赫赫的哲学家和思想家。

心灵感悟

一个人追求真理，获得真理，与其说是靠智慧、天赋，倒不如说是靠着一种坚持不懈的精神和韧劲。柏拉图之所以成功，就是因为他对待任何事情，都能像对待简单的甩手运动一样，能不懈地坚持下来，所以才能追求到真理。肯定地说坚持造就了柏拉图，也造就了任何一位成功的人。如果你有了坚持，你就有了珍贵的品性，有了厚积薄发的力量！

一只闹钟的启示

　　一只刚刚被组装好的小闹钟放在了两只旧钟当中。这两只旧钟已经工作十几年了，虽然零件已经陈旧老化，但是仍然坚持着每天一分一秒"滴答滴答"地走着。其中一只旧钟对这只新来的小钟说："我老了，你也该接替我的工作了，可是你知道我们每天的工作很枯燥，不停地机械地重复，在你重复走完三千二百万次以后，我担心你就吃不消了。""什么！三千二百万次？"对于刚刚来到这个世界上的小钟来说，这个数字简直是天方夜谭。"我怎么能走这么多次？对我来说根本是不可能完成的工作！"

　　另一只旧钟安慰它说："别听他危言耸听，没什么害怕的，你只要坚持每秒钟滴答摆一下就行了。"

　　"如果真是像你说的这样简单，我就尝试一下吧！"小钟半信半疑。

心灵感悟

　　我们每个人都渴望梦想成真，可是又总会觉得梦想遥不可及。其实以后的事情会变成什么样，没人会知道，何必花费心思去琢磨它呢？只要记着眼前要做些什么，尽力去完成力所能及的事情就可以了。也许有一天你会惊奇地发现，你梦想的成功其实早就在不知不觉中实现了。

就这样小钟很轻松地每秒摆一下，一年在不知不觉轻松的摆动中过去了，小钟惊喜地发现，三千二百万次，那个它认为不可能完成的数字竟然这么轻松地完成了。又在不知不觉中，十年过去了，两只旧钟已经不在了，其间又不断有新的成员进来，但小闹钟始终坚持在自己的岗位上，每秒钟摆一下……

小进步，大成就

1986 年美国职业篮球联赛开始之初，洛杉矶湖人队遭遇重大的挑战。在前一年湖人队有明显的优势能够夺取冠军，当时所有球员的状态都处于巅峰时期，然而决赛时却意外输给了波士顿的凯尔特人队，这令教练特·雷利和所有球员都沮丧万分。

教练为了让球员相信自己有能力拿到冠军，便告诉大家只要每人能在篮球技术上进步 1%，那么下个赛季便会有令人惊喜的好成绩。1% 的成绩似乎显得微不足道，可是，如果 12 个球员每个人都能进步 1%，整个球队便可以比以前提升 12%。只要能进步 1% 以上，湖人队便有足够的把握赢得冠军宝座。结果大部分球员进步的幅度都超过了 5%，有的甚至高达 50% 以上，这一年成为湖人队夺冠最容易的一年。

无独有偶，日本企业之所以取得今日的风光，关键就是得益于美国品质管理大师戴明的指导，同时，他们追求品质的决心也不可小觑。他们经常把"改善"挂在嘴边，这个词在日文里意味着"没有休止"。事实上改善的原则之一，就是慢慢地改进，不管这种改进有多么的细微，只要每天都能有进步，即便十分微小，日积月累也会有惊人的成就。

心灵感悟

不要忽视或者看轻细微的进步，在岁月的磨砺中，点滴汇聚，终将促成惊人的改变，成功往往就源自于这些细小的进步。

天神回归

　　天神斯内普犯了天规，被宙斯神惩罚来到人间受苦，宙斯神要他每天将葛凌峰下一块滚圆的石头推上山，并且保证它始终留在山顶。每天，失去法力的斯内普都要费很大的力气将石头推到山顶，然后回山下休息。可是，就在他每次刚刚走到山下准备休息时，那石头又会从山顶再次滚落。于是，斯内普就只能再一次把石头推到山顶。周而复始，斯内普面临的惩罚就是——永无止境的失败。这也是宙斯神惩罚斯内普的可怕之处，永远让斯内普的心灵处于折磨之中，让他的身体和精神终日受苦。

　　但是斯内普不肯认输，他要用自己的努力来打破宿命，每天，当他推石头上山时，宙斯神都会让一道神音在斯内普身边嘲笑他、打击他，然而斯内普却不为所动，他只一心想着要推石头上山，因为在他心中那是他的责任，只要将石头推上山顶就是将责任尽到了，至于石头会滚下来，那就不是他要思考的事了。

　　当斯内普第十万次把石头推到山上时，他的心中始终有个声音在安慰着自己：加油，斯内普，不管怎样，只要你今天将它推上山顶，你的明天就还有希望！这也感动了宙斯神，最后，斯内普重新回到了天庭。

心灵感悟

　　面对磨难和困苦，持之以恒的努力和永不放弃的精神，是无比强大的能量，它能帮助你战胜一切艰难，也能带给你永不枯竭的希望。

再试一次

闻名于世的微软公司是许多有学识和才干的人渴望工作的地方。然而，什么样的人才有资格成为其中一员呢？有个年轻人在微软公司并没有登招聘广告的情况下，就贸然闯了进去，当时的总经理疑惑不解，年轻人用不太娴熟的英语解释说自己是恰巧路过这里，就进来了。这让总经理觉得很新鲜，就决定破例让他试一下。然而结果让人大失所望，年轻人表现极为糟糕。于是他解释说自己没有事先准备，总经理只当是他找了个借口来应对尴尬，随口说道："等你准备好了再来吧！"谁知，年轻人自信地说："我会再来的。"

果然，一周后，年轻人再次踏进微软公司，但他依然没有成功。不过相比第一次，这次他的表现要好得多。于是总经理给了他相同的回答，"等你准备好了再来吧。"和上次一样，年轻人仍然回答道，"我会再试一次。"就这样，这个年轻人连续5次来微软公司应聘，终于被公司录取并得以重用。

心灵感悟

一句"再试一次"，看似简单，却体现出年轻人充满毅力、坚持不懈的可贵精神。我们的人生旅途上或许荆棘丛生，或许沼泽密布，但只要我们坚定而自信地对自己说一声"再试一次"，你就有可能到达人生成功的彼岸！

等待成功

　　A 市歌剧院正在举行一位著名推销大师的告别演说，会场内座无虚席，幕布拉开，一个用铁链吊在舞台中央的巨大铁球映入观众眼帘，铁球旁站着伟大的推销大师。接着，两个强壮的年轻人来到舞台，大师交给他们一个大铁锤，并要求他们用铁锤去敲打那个吊着的铁球，直到把铁球荡起来。一个年轻人拿起铁锤，全力向铁球砸去，一声震耳的响声中，铁球动也没动。年轻人接着狠狠地砸向铁球，可铁球仍旧一动不动。另一个人也奋力用大铁锤撞击吊球，但是那铁球仍旧静止在空中纹丝不动！于是，两个年轻人和台下的观众都认定那铁球是无法撼动的。然而，此时大师却从西装里掏出一个小铁锤，然后在众人面前认真地对着铁球敲打起来。

　　5 分钟、10 分钟……半小时过去了，台下的观众开始不满了，他们喧哗着、骚动着、甚至叫骂着！接着，有人准备离去，就在大师敲打了

心灵感悟

　　成功的路上唯一的捷径就是持之以恒。只有保持足够的耐心和毅力去面对可能面对的一切艰难困苦，才有希望到达胜利的终点。

50 分钟的时候，前排忽然传来一声尖叫："球动了！"刹那间，会场所有的视线都集中到了大铁球上，只有大师不为所动，仍旧一锤一锤地敲着，人们看到铁球在老人不紧不慢的敲打中越荡越高，那巨大的摆幅和清脆的敲击声震撼着在场的每一个人。

终于，大师停止了敲击，他面向观众只说了一句话："成功的道路上没有捷径可走，我们只有用一生的耐心去等待成功的到来，或者，用一生的耐心去面对失败。"

执着是成功的摇篮

有这样一则故事：有一个年轻人到一家电器厂去应聘，这家工厂人事主管看着面前这个身材瘦小、衣着肮脏的小伙子，觉得不满意，信口说："我们现在暂时不缺人，你一个月以后再来看看吧。"这不过是一个推辞，没想到一个月以后，这个小伙子真的来了。那位负责人又推说："过几天再说吧。"隔了几天，他又来了。如此反复了多次，主管实在难以忍受，只好直接说出自己的态度："我们的工厂对着装要求很严格，你这样是不能录用的。"于是小伙子立即回去借钱买了一身整齐的衣服穿上再次去面试。负责人看他如此实在，经过了解后说："关于电器方面的知识你知道得太少了，我们不能要你。"不料两个月后，他再次出现在人事主管面前："我已经学会了不少有关电器方面的知识，您看我哪方面还有差距，我一项项来弥补。"

这位人事主管紧盯着态度诚恳的小伙子看了半天才说："我干这一行几十年了，还是第一次遇到像你这样来找工作的，我真佩服你的耐心和韧性。"于是，他得到了这份工作，并通过不断努力成为电器行业非凡人物。故事的主人公就是后来松下公司的总裁松下幸之助。

心灵感悟

成功来自于执着，耐心和韧性能够克服一个个困难，也能给人带来感动。

放猪的故事

从前，有一个少年，他很渴望成为一名绝世功夫高手。于是他拜在了一位隐居的师傅门下，想学到真正的武功。然而从他入门的第一天起，师傅并没有教他任何武功，只是要他每天到山上放猪。

就这样，每天清晨，他就抱着小猪爬上陡峭的山，翻越很多崎岖的山坡，穿过很多洼崎的沟壑，晚上再把小猪抱回来，并且师傅要求他不准在途中把猪放下。日复一日，枯燥而又辛苦，虽然少年心里有十二分的不满，但觉得这可能是师傅对自己的考验，也就任劳任怨地照着做了。在两年多的时间里，他就这样天天抱着猪上山，下山……

突然有一天早上，当少年准备像往常一样抱着猪上山时，师傅对他说："你今天不要抱猪去了，自己上山去看看吧！"

少年第一次不抱猪上山，顿时觉得身轻如燕，似乎稍一用力就会飘起来。他忽然意识到师傅对自己的用心良苦。两年间，小猪从几斤已经长到了上百斤，而少年的功力也已在不知不觉中进入了一种高手的境界。

心灵感悟

成功往往是在点滴中积累的。而这种积累的过程却总是漫长而枯燥，但不积跬步，无以至千里。当我们在成功的路上跋涉时，目标虽然看似遥遥无期，但每一步坚持都在拉近我们与成功的距离。

帕丽斯的彩陶

　　帕里斯一直从事玻璃制造，一次偶然的机会，他看到了一只精美绝伦的意大利彩陶茶杯。"我也要生产出这样美丽的彩陶。"这是他当时唯一的信念，也就是从那时起，他的命运改变了。

　　他尝试着建起烤炉，买来陶罐，将它们打成碎片，开始摸索着进行烧制。接下来的几年，做实验用的碎片已经堆成了小山，他甚至无米下锅了，梦想中的彩陶却仍旧遥遥无期。他不得不重操旧业以维持生计。他赚得一笔钱后，又开始烧制彩陶，三年的时间里碎陶片又在砖炉旁堆成了山。接下来的几年，他又如此地反复，都没有成功。这时，周围的人们开始笑话他愚蠢，连家里人也开始埋怨他，他默默地承受了这一切，并且又开始试验，近半个月的时间里他没有脱衣服，日夜守在炉旁。终于马上就可以出炉了，多年的心血就要得到回报了，可就在这时，随着炉内"嘭"的一声巨响，不知是什么爆裂了。等到出炉的时候，他发现所有的产品都沾染上了黑点，全部成了次品。他又失败了！

心灵感悟

　　对于我们每个人来说，成功的路总是漫长而充满艰辛的。面对前方的胜利，唯有坚持不懈，持之以恒，才能最终成就梦想。

这次的打击对于帕里斯而言是惨痛的，他独自一人到田野里盲目地走着。也不知走了多久，优美而恬静的大自然终于使他平复下来，他又开始了下一次试验。

　　在历经了16年无数次的艰辛历程后，他终于获得了成功，而这一刻，他却很淡然。他的作品被人们看成是稀世珍宝、价值连城，艺术家们争相收藏。他亲手烧制的彩陶瓦，至今仍在法国的卢浮宫大放异彩。

美丽的童话

安徒生幼年的时候就失去了父亲，他和母亲二人相依为命，日子很清贫。

一次，他和一群小孩得到了去皇宫晋见王子的机会。他充满希望地唱歌、朗诵剧本，希望以此得到王子的赞赏。

等到表演结束，王子温和地问他："需要我帮你做些什么吗？"

安徒生自信满满地说："我想写剧本，并在皇家剧院演出。"

听了安徒生的回答，王子把眼前这个长相丑陋、眼神忧郁的笨拙男孩从头到脚看了一遍，对他说："背诵剧本是一回事，写剧本可是另外一回事了，你还是去学点实用的手艺吧！"

然而，怀揣梦想的安徒生回家后，不但没有如王子建议的那样去学实用的手艺，还亲手打碎了他的存钱罐，向妈妈道别，准备到哥本哈根去追寻他的梦想。在哥本哈根的日子里，他四处流浪，几乎把那

心灵感悟

沙漠虽然环境恶劣，但是绿色的仙人掌仍然可以挺直腰杆，在一片黄沙中绽放自己的美丽。面对生活中的困境和挫折，要坚持梦想和努力，相信我们一定会迎来沙漠中的那一抹绿。

里所有的贵族家的门都敲遍了，也没有人理会他，但他从未想到退却。他一直写作史诗、爱情小说，都没能引起人们的关注和认可，他虽然伤心，依然坚持写了下去。

　　1825 年，安徒生随手写的几篇童话故事，出乎意料地引起了儿童的争相阅读，许多读者渴望他的新作品发表，这一年，他 30 岁。

　　直到现在，《国王的新衣》、《丑小鸭》等许多出自安徒生之手的童话故事，陪伴了世界上无数的儿童健康地成长。

坚持与成功

有这样一个关于一个女孩如何取得成功的故事。

那年，她14岁，在江苏苏州的一个小镇卖茶，1毛钱一杯。因为她的茶清香扑鼻，茶杯也比别人的大，所以生意特别好。她每天都快乐地忙碌着。

三年后，她17岁，她把卖茶的摊点迁到了苏州市区，并改卖当地特有的碧螺春，虽然这种茶的制作和采摘都比较麻烦，但能卖个好价钱，生意也是红红火火。

又过了三年，她20岁，仍在卖茶，不过她卖茶的地点又变成了南京，摊点也被小门面取而代之。客人进店里，在享用香醇的茶后，都会或多或少再拎上一两袋茶叶以馈赠亲人或朋友。

到了24岁的时候，她已经拥有37家茶庄，遍布于浙江、安徽、上海和江苏等地。长达十年的光阴，她始终在茶叶与茶水间默默耕耘。江浙一带的茶商们一提起她的名字，都会赞口不绝，竖起大拇指。

又过了六年，她30岁，她的梦想也终于实现了。她的茶庄遍布香港和新加坡及世界各地。让那些飘着咖啡浓香的国度里，也感受到了茶叶的别样清香。

心灵感悟

骐骥一跃，不能十步；驽马十驾，功在不舍。这个成功的年轻人默默奋斗了十六个年头，终于实现了自己的梦想。可见，成功的秘诀不在于一蹴而就，而在于是否能够有水滴石穿的毅力。

拒绝诱惑

俄罗斯的芭蕾美冠天下，尤其是在时尚之都莫斯科，某天，一个记者去采访刚刚环球巡演归来的某家知名的芭蕾舞团，当记者采访该舞团的首席女芭蕾舞星时，记者提了这样一个问题："请问您最喜爱吃什么？"这位美丽而优雅的舞蹈明星微笑着回答："我最喜欢果酱冰淇淋，特别是草莓味的！"

这个回答让记者十分惊讶，因为这种热量很高的甜食，将导致体重的增加，高脂肪含量可是舞蹈演员艺术生命的杀手啊！

短暂的惊讶后，这位记者又接着问道："那你一般多久会让自己去享受一次冰激凌的美味呢？"

这位女舞蹈家认真地想了想，然后回答道："17年，我已经17年没有尝到过那种美妙的味道了！"

记者再度惊讶地看着女艺术家的脸，而后起身致以自己最深切的敬意。

心灵感悟

坚持，不仅仅体现在对目标的正面追求，更表现在对负面能量的抗拒，能够数年如一日坚守原则，同样是一种持之以恒的努力。它同样会为你在成功的路上，撑起一面阻挡侵扰和诱惑的盾牌。

孟母断机

孟轲小时候上学并不是非常用功，也和其他的小朋友一样贪玩、偷懒，偶尔还逃学。有一天他感到学习太枯燥了，就偷偷地从学堂溜回了家。孟母当时正在织布，她一看儿子的神情，就知道还没有下课。于是她一改往日慈爱的表情，严厉地问儿子："为什么这么早回来？"孟子支支吾吾，也没有说清楚。他是个孝顺的孩子，不敢惹母亲生气。

孟母转身到织布机旁边，把织布机上的梭子折断了。梭子断了就没有办法再织布了，孟轲见状，急忙跪在地上求母亲不要生气，母亲说："你学习知识，就如同我织布一样，一根根丝线积累起来才能织成

孟子画像

孟子（前372—前289年），名轲，字子舆，战国时期邹国人，鲁国庆父后裔。孟子是中国古代著名思想家、教育家，战国时期儒家的代表人物，著有《孟子》一书。孟子继承并发扬了孔子的思想，有"亚圣"之称，与孔子合称为"孔孟"。

一寸，一寸一寸地织才能织成一尺，好多尺凑在一起才能织成布匹，才能为人所用。你学知识，道理也是一样的，必须天天积累，持之以恒，才能长进，你现在放弃了，就前功尽弃了。我折断织布用的梭子就像你放弃学业一样，都是十分可惜的。"

孟轲听了，恍然大悟，羞愧得满脸通红，向孟母保证："我记住妈妈的话了，我一定不再逃学了，以后要发愤读书，绝不辜负您的谆谆教导，将来成为有用之才。"从此孟轲不再懈怠，用心读书，勤奋刻苦，最后终于成为了大学问家。

心灵感悟

　　不积跬步，无以至千里。任何事情都是在一点一滴的努力中取得进步和成功的。求学更是如此，没有持之以恒的毅力和勤奋刻苦的付出，是不会获得真才实学的。

选择与坚持

匈牙利有一位木材商的儿子，从小就呆蠢、愚笨，人们都叫他"木头"。在12岁那年，他做了一个梦，梦到他得到了国王的嘉奖，因为他写的字得到了诺贝尔的夸赞。梦醒后，他很想和别人一起分享这个梦，可是又怕别人嘲笑，最后只告诉了妈妈。

妈妈说："假若你梦见的真是这样，你就有出息了！我听人说过，当上帝把一个美好的梦想放在谁的心里，他就想帮谁实现梦想。"男孩信以为真，从此他真的对写作产生了浓厚的兴趣。"如果我经得起考验，上帝一定会帮助我的！"带着坚定的信念，他开始了写作生涯。

然而，三年过去了，上帝没有来；下一个三年，上帝还是没有来。就在他翘首期盼上帝前来帮助他时，希特勒的军队入侵了匈牙利。他作为犹太人，被关进了集中营。在那里，六百万人失去了生命，

心灵感悟

驾马十驾，功在不舍，做任何事情都需要一步一个脚印、踏踏实实地达到成功彼岸。成功与做大事没有必然的关联，努力做好每件事，并且持之以恒地做好每件事，这也是成功的基本要素。

而他成了幸存者。1965 年，他的处女作小说《无法选择的命运》终于问世；1975 年，他又创作出他的第二部小说《退稿》；然后他又写出了一系列的作品。

当他已经不再关注上帝是否帮助他的时候，瑞典皇家文学院宣布：2002 年的诺贝尔文学奖的获得者是匈牙利作家凯尔泰斯·伊姆雷。这正是他的名字。

人们让这位一直以来默默无闻的作家谈谈获奖的感受时，他说："没有什么感受！我只知道，当你说'我就喜欢做这件事，我不在乎会遇到什么困难'，这时，上帝会来到你身边帮助你。"

成功源自坚持

　　孙庸是我四年前的同事。正如他的名字一样，很普通的一个人。当时我在原来的公司是个老员工，而孙庸刚刚从学校毕业，作为设计人员进入公司，业务水平十分生疏，就连设计软件都很难熟练地使用。也许正因为自己是新人，他每天早上都把办公室打扫得整洁干净，晚上走得最晚，利用尽可能利用的时间学习设计，提高业务能力。尽管这样勤奋，可孙庸的设计水平提高并不快，并没有什么长进。我们都觉得，他是公司里最笨、最平庸的一个人。

　　随着社会竞争的激烈，公司的效益每况愈下，很多同事都跳槽离开了，我也觉得公司没什么发展前景，毅然决然也跳槽了。面对老员工的纷纷离职，已"晋升"为老员工的孙庸没有受到任何影响，仍然勤勤恳恳地工作着，没有任何变化。让人意想不到的是，这家小广告公司之后发展速度奇快，从原来的十几人，飞速壮大到六七十人，孙

心灵感悟

　　坚持，能使平庸经过时间和经历的洗礼变身卓越，能让平凡在日积月累的积淀中成就非凡。成功的路上，坚持永远是一种推进前行的动力。

庸也成了公司的元老级人物。就在前几天的一个竞标会议上，孙庸作为公司的副总发表了竞标演讲，当年平庸的小孙已经成长为一名成熟稳重、业务娴熟、自信满满的成功人士。

坐在台下的我因为多次跳槽如今依然是一名职员，此刻感慨颇深，不仅对孙庸刮目相看，更多的是反思自己。与他相比缺少一份坚持，实际上这份坚持恰恰能使平庸变成卓越，使平凡变成非凡。孙庸就是选择了这份平庸并一直坚持下去，最终取得了成功。

成功背后的付出

谭元元，目前是美国旧金山芭蕾舞团首席演员，是美国三大芭蕾舞团中唯一的华人首席演员。

当5岁的谭元元看到电视上播放的《天鹅湖》，开始学着立起足尖模仿天鹅的动作时，她并不知道这会对自己将来的人生产生怎样的影响。

她11岁考入上海芭蕾舞学校，但由于父亲希望她从医，结果入学时间推迟了半年。后来，她在习舞期间受伤，她父亲更是坚定了让她放弃芭蕾的想法。争执不下时，他们以抛硬币的方式来决定她的前途。结果，谭元元惊喜地获得了命运之神的安排。为了这次来之不易的机会，谭元元付出了比其他人辛苦百倍的努力，终于获得了回报。

她14岁就参加了第二届芬兰赫尔辛基国际芭蕾舞比赛，一举夺得

心灵感悟

有些人认为谭元元在芭蕾舞坛上的风光无限，是因为她得天独厚的天资和运气。其实，人生成功后的幸福就像化了妆的演员，在荣誉的背后是台下默默的汗水和辛苦的付出，是无数次跌倒后的重新站起和持续不断的坚持。

第二名。之后，15岁的谭元元参加了法国国际芭蕾舞蹈比赛，当时比赛舞台有15度的倾斜，她是第一次遇到。但她不仅没被这一意外吓住，反而表现格外优异，得到了俄罗斯芭蕾舞大师乌兰托娃的赞赏，给了她一个满分。16岁时在日本名古屋首届国际舞蹈比赛上再获金奖。3年后，谭元元提升为首席演员，参与了旧金山芭蕾舞团的大量演出，并在多出经典芭蕾舞剧中担当主角，包括《天鹅湖》中的白天鹅及黑天鹅、《罗密欧与朱丽叶》中的朱丽叶、《睡美人》中的奥萝拉公主。

坚持的力量

保罗 18 岁的时候，身高还不到 1.6 米。他正准备参加一场拳击冠军赛。对手是一名 22 岁的人高马大的黑人拳击手，身高近 1.8 米，连续三年蝉联全州拳击冠军。他的左勾拳更是令人闻风丧胆。当主持人宣布保罗出场挑战他时，全场嘘声一片。

果然不出观众所料，保罗一上场，就被经验丰富的对手一次次击中，牙齿被打掉半颗，满脸都是血，已经毫无招架之力。

中场休息时，保罗对教练说："我想退出比赛，与其拿鸡蛋与石头相碰，不如拿鸡蛋去孵只鸡。"

"不，保罗，你能行，你不怕流血，你一定能坚持到最后，我深信你的实力。"教练一个劲地冲他大叫。

再次上场，保罗突然决定豁出去了，此时的他似乎觉得身体已不

心灵感悟

坚持可以将弱势转变为优势，一个有毅力而且能够坚持到底的人，决不会放弃对目标的追求，胜利必定会属于顽强坚持的人。也惟有那些能够坚持不懈的人，才能得到最大的奖赏。

属于自己，任凭对手雨点般的拳头砸在他身上，发出空洞的响声，他觉得自己的灵魂似乎已经飞出他流血的身体，正在对自己说："坚持，我能坚持！"

终于，对手或许累了，或许面对保罗的顽强有些胆怯了，攻势逐渐变缓。保罗终于熬到了决胜局，他开始了反攻。汗水混着血水布满了他的全身，模糊了他的双眼，保罗用他的意志去击打，左勾拳，右勾拳，长拳，上勾拳，一记又一记重拳，朝面前模糊的身影发起攻击。

"是的，保罗，你能行！"他不断地鼓励自己。在最后的关头，他眼前有无数个对手高大的身影在晃动。保罗想：中间那个不晃的影子一定是他，便对准那个影子发起最后一击……最后，对手倒在台上，保罗终于夺得了冠军。

钢铁是如何炼成的

在地震抢险的队伍中，有一支装甲兵部队，负责从山脚往村民聚居的山顶送粮食，再从山上把伤员背下来。战士们采用的是接力的办法。

其中一个小战士负责的一段路，背粮上山需要两个半小时，背着伤员下山需要 3 小时。时间就是生命，在整个抢险救援过程中，他始终不歇息，浑身疼痛他也不吭声。有一天，当他背着 50 公斤粮食上山时，疼痛加剧，像是有什么东西卡住了肠子，异常难受。可他只是把腰带紧了紧，死死扎住痛处。当他背着一名老奶奶蹒跚着下山时，突然扛不住了，就在他身子歪倒之前，仍拼命用手撑住地面，将老奶奶轻轻放下，之后他昏了过去。

战友们立即将他送进医院的急救帐篷，两位教授紧急会诊后大吃

心灵感悟

钢铁战士，是因为牢记全心全意为人民服务的根本宗旨，自觉践行革命军人神圣职责，有钢铁的意志和坚强的信念，能够将这两者融合到一起，就是一个不怕任何艰难困苦的人，就是一个被人民崇敬，被人们称道的人。坚强不屈，是军人的高贵品质。

一惊：由于疝气引起大网膜穿孔，小肠已流进阴囊造成肿大，必须立即手术，否则危及生命。

教授在成功为其实施手术后介绍说，这种病完全是因为过度劳累造成的，肠子穿孔的疼痛非常人所能忍受，何况还在负重奔波。护士们为他更换衣物时，看着他 10 个磨烂的脚趾和为了止痛用武装带紧紧勒住腰部造成的血痕，都为这个刚强的小战士落泪了，称他为"钢铁战士"。

离成功有多远

在美国，有一位年轻人，自己的全部家当连一件像样的西服都买不起，但是他仍执著地坚持着自己心中的梦想，他有一个明星梦，他想拍电影，成为明星。

当时，有 500 家电影公司在好莱坞落户，他不知数了多少遍。他根据这些公司的位置和规模，设计好了路线，并且按照自己的标准进行排序，然后带着为自己创作的剧本前去拜访。但第一遍走下来，这 500 家电影公司没有一家愿意聘用他。

这位年轻人遭遇了百分之百的拒绝，但是他并没有灰心，从最后一家被拒绝的电影公司出来之后，他重新从第一家开始，又继续逐个拜访，介绍自己。然而，这一次的结局并没有发生什么

《有丝柏的道路》 梵高（1890 年）
天地是辽阔的，有时注定要孤孤单单走一程，但只要坚持下去，就会有所斩获。

转机。

第三轮拜访结果依然如此。这位年轻人咬紧牙关又开始他的第四轮拜访，当拜访第 350 家电影公司时，那家公司的老板终于破天荒地答应愿意让他留下剧本先看看。

几天后，他获得了通知，请他前去详细商谈。就在这次商谈中，这家公司决定对这部电影进行投资，并让这位年轻人在这部自己所写的剧本中担任男主角。这部电影名叫《洛奇》。

这位年轻人的名字叫席维斯·史泰龙。今天，当我们翻开电影史，这部叫《洛奇》的电影与这个日后闻名于世界的巨星皆榜上有名。

心灵感悟

生活中，很多时候我们离成功往往只有一步之遥，却面对那扇成功的门无计可施。然而，成功的大门对于我们每个人都是随时敞开的，关键就在于你是否有毅力不断踏出每一步，毫不懈怠地坚持下去。

一分为二的木板

有一位小和尚名叫一沉，他的性格很急躁，无论做什么事情，只要稍稍感觉到苦难，就很容易气馁，不肯锲而不舍地坚持下去。

一天晚上，师父把他叫到房间，给了他一块木板和一把锋利的小刀，然后要求他在木板上切一条刀痕，当一沉切好一刀以后，师父就把木板和小刀放在他的抽屉里锁好。之后的每天晚上，师父都会让小和尚在切过的痕迹上再切一次，这样持续了一个星期。

终于到了一天晚上，一沉小和尚像平日里一样在木板上划了一刀下去，突然木板随即被切成了两块。

师父说："你也许想不到用这么小的力气就能把一块木板切成两半吧？一个人是否能取得成功，实现自己的理想，并不在于他一次可以使多大的力气，而在于他是否能做到持之以恒。"

心灵感悟

许多事情，并不是一朝一夕就能做到的，也不是一次付出或者努力就能成就的，大部分情况下都需要持之以恒的精神，必须付出时间和代价，甚至一生的努力。

嘻哈版 故事会

小事和大事

　　20 世纪 70 年代初，美国麦当劳总公司决定进军台湾市场。于是他们在正式进军市场前，需要招聘当地一些有识之士来共同开创事业。这次招考条件很严格，应聘的人很多，但通过的人却寥寥无几，可谓是万人争过独木桥。

　　经过重重选拔，一位名叫韩定国的年轻人脱颖而出。最后一轮面试前，麦当劳的总裁问了他一个意想不到的问题："假如我们要你先去洗厕所，你愿意吗？"

　　韩定国正觉得奇怪，在一旁的他的太太替他答道："我们家的厕所一直都是他洗的。"

　　总裁听后当即免去了最后的面试，当场录用了韩定国。

　　这就是现在"台湾速食界教父"、第一任台湾麦当劳副总经理、任职肯德基大中国区营运副总裁、任职肯德基首席后勤执行官、任百胜

心灵感悟

　　无论做什么事情，脚踏实地、持之以恒是一种美德，更是通往成功的必经之路。每一次成功都源自细微处的积累，只有一步步踏实而坚持的前行，才能到达胜利的彼岸。

餐饮集团大中华区副总裁,创立兴百食投资集团并担任董事长的韩定国。

　　其实,麦当劳训练员工的基础训练就是从洗厕所开始的,工作虽然卑微,却是在锻炼员工要以家为尊,甘于从小事做起的能力。韩定国之所以成就了以后辉煌的事业,就是因为他用积极的态度认真做好每一件事,才能成就之后的大事。滴水之力,只要坚持,也可以成就梦想。

男子汉的气概

一位父亲是当地著名的商人,他只有一个儿子,已经 16 岁了,他很希望儿子能继承他的事业。然而他的儿子是在蜜罐里长大的,处处受到大人的保护,一点男子汉的气概都没有。为了让儿子能继承父业,他去拜访一位拳师,请求这位大师帮助他训练他的儿子,使他意志坚强,重塑男子汉的气概。

拳师说:"半年后你再来领回他,那时我会把你的孩子变成一个真正的男子汉。"半年后,男孩的父亲来接男孩,于是拳师安排了一场拳击比赛,向他展示这半年来的训练成果。拳师安排他的儿子与一个十分强壮的人进行对打。这人一出手,男孩便应声倒地。父亲心一惊,出人意料的是男孩马上站起来继续接受挑战。接着又一拳打过来,男孩又倒了下去,但他再次迅速站了起来,就这样,来来回回倒下去又

心灵感悟

　　在哪里跌倒就在哪里站起来。站起来的次数越多,意志力越强,成功就会越近。树根越是深入大地,树干越能挺拔向上;不要害怕表面的失败,正是无数次失败中的崛起才最终赢得了成功。

站起来……男孩始终没有放弃。

　　这时候，拳师问父亲："你觉得你儿子现在有没有男子汉的气概？"

　　父亲叹了口气，伤心地回答："我简直失望透了，想不到我送他来这里训练半年多，看到的结果竟是被人一打就倒。"拳师意味深长地说："我很遗憾，您只看到了他表面的胜负，而没有看到你儿子失败后继续坚持的毅力和勇气，那才是真正的男子汉气概！"

　　父亲恍然大悟，儿子后来继承了父业，果真如拳师所说，他凭借顽强的毅力，克服了很多困难，终于将事业做得风生水起。

奇迹如何诞生

　　丹普赛生下来的时候就四肢不全，只有半边右足和一只右臂的残端。孩提时候，他很想跟其他孩子一样运动，他特别喜欢踢足球。他的父母亲就给他做了一只木制的假足，以便使他能穿上特制的足球鞋。丹普赛从那以后，就一小时接着一小时、一天接着一天地用他的木脚练习踢足球，并且努力在离球门越来越远的地方将球踢进去。经历了无数次这样的反复练习，他的技艺也越来越娴熟，最后他变得极负盛名了，以至新奥尔良的圣哲队雇他为球员。

　　在与底特律雄狮队的比赛中，当丹普赛用他的跛腿在最后两秒钟内、距离球门63码的地方破网时，球迷的呐喊和欢呼声响遍了全美国。这是职业足球队当时踢进的最远的球。这场比赛以圣哲队 19 ： 17 的比分宣告结束。

　　赛后，底特律雄狮队的教练施密特说："我们是被一个奇迹打败的。"

　　"丹普赛并不曾踢中那个球，那球是上帝踢中的。"底特律雄狮队的后卫沃尔凯说。

心灵感悟

　　任何一种人生目标的实现，都不是一蹴而就的，但是只要执著，只要奋力坚持，即便自身条件不好，也一定会感动上帝，创造奇迹的，而这个上帝就是自己。

改变命运

　　有一个老人沿着墨西哥海滩欣赏日落时，望见远远的海岸边有一个小男童。走近之后，他发现那个小男童一直保持弯腰的姿势，似乎在水中捡东西又丢出去的样子。时间一分一秒地过去，但那个小男童仍旧

《午睡》　梵高（1889—1990 年）

　　成功就是累计而成的，如果总是像图画中的农夫一样睡大觉，那么肯定将一无所获。

一直向海洋投掷。

当老人靠近时，他才弄清楚那男童是把海水冲刷上岸的海星，一次一个地逐一丢回到水中。那老人感到十分不解，于是走到那个小男童身边问他："你好！请问你在做什么呢？"那男童回答："我把这些海星丢回海里。你看，现在已经退潮了。如果我不把它们丢回海里，它们就会因为缺氧而死在这里。"那老人当然了解这种情形，但是他仍旧感到疑惑："但是海滩上有成千上万的海星，而你不可能将它们全部都丢回海里啊！它们有如天上繁星，更何况这么长的海岸线上，类似的情形很多，你这样做并不能改变什么的。"那男童微笑，仍是弯下腰再次拾起另一只海星。当他把海星丢进海中的时候，大声地说："这只海星的命运改变了。"

心灵感悟

"勿以恶小而为之，勿以善小而不为。"生活中有许许多多微不足道的小事，但一旦小事积累起来，就会实现意想不到的精彩。或许我们会觉得一己之力实在太小了，在整个大环境里或许是没有改变，但或许可以拯救或者改变小环境的整个生命。

如何看到美景

大学刚毕业，我被分配到苏北一个偏远的小镇当教师。看着自己扎实的教学基本功，却被迫来到这个偏僻闭塞的小镇，工资又低得可怜，心里充满了对命运的抱怨。看着同窗们体面优厚的工作，着实羡慕。于是整天考虑跳槽，对工作几乎没有热情可言，两年来，得过且过，一点收获也没有。

然而，一件微不足道的小事，改变了我一直想改变的命运。

那天学校开运动会，前来观看的人特别多，小小的操场四周很快就被围得密不透风。我来晚了，只好站在后面翘脚观看。这时，旁边一个身材矮小的男孩吸引了我，只见他一趟趟地从不远处搬来砖头，耐心地垒着一个台子，一层又一层，足有半米高。当他登上那个自己垒起的台子时，冲我一笑。脸上浮现出成功的喜悦与自豪。

我的心为之一震，是啊，要想看见精彩的比赛，只需要在脚下多垫些石头。现在的我不就是要在脚下垫些石头吗？

自此以后，我焕然一新，全心全意投入到神圣的教育事业中去。做每件事都踏踏实实，勤勤恳恳。不再有跳槽的想法。不久，我便获得了回报。我被县里选为教学能手，论文在多家报刊发表，各类荣誉纷沓而至。如今，我已被调至自己喜欢的学校任职。

心灵感悟

其实不少人走过的路，恰恰如同那个小男孩的行为那样，不断积累自己的知识，就好像不断在自己脚下多垫些砖头一样，如此才能看到美丽的风景，摘到挂在高处的那些诱人的果实。

种 花

　　美国一家报纸曾刊登了一则启示，某园艺所公开以重金征求纯白金盏花种子，启示在当地曾引起一时轰动。许多人被高额的奖金吸引，但是当得知自然界中金盏花只有金色和棕色，要培养出白色的金盏花，几乎是不可能的事情时，就没人敢去尝试了。随着时间的流逝，这则启示也渐渐淡出了人们的记忆。

　　20年后的一天，那家园艺所意外地收到了一封应征信和1粒纯白金盏花的种子。寄种子的是一位年近古稀的老人。老人是一个园丁，一辈子和花草打交道。20年前，他看到了那则启示，便下定决心要培育出这样一颗种子来。但老人不是为了金钱，只是出于对花的热爱。于是他开始了他的试验。他种下了一些最普通的金盏花的种子，精心侍弄。一年过后，金盏花开了，他从那些金色的棕色的花中挑选了一朵颜色最淡的，等它自然枯萎后，拿到了它的种子。第二年，他又把种子种下去。然后，再从这些花中选出颜色更淡的花的种子栽种……日复一日，年复一年。20年过去了，在他的花园中终于开出了一朵纯白色的金盏花，那洁白如雪的花瓣分外夺目。此时的老人已满头白发了。专家们对此都十分惊讶，这个他们用科学研究了几十年的难题，竟然在一个不懂遗传学的老人手中迎刃而解，这难道不是奇迹吗？

心灵感悟

　　什么是奇迹？那是老人怀着一份对目标的坚持与捍卫，精心的付出和不懈的坚持培育出了这株希望之花。正如我们做任何事，只要用心努力，坚持到底，一定会得到丰硕的回报。

鸭子与天鹅

　　从前，有两只相貌丑陋的小鸭子在池塘边玩耍，这时它们看见有一只白天鹅飞过，优美地摆着翅膀，美丽动人。旁边的黑鸭子羡慕不已，于是学着天鹅不停地展翅欲飞，但飞起来又跌下去，跌下去又飞起来，就这样不停地飞飞跌跌好多次，终究还是没能飞起来，而且还摔得遍体鳞伤。

　　白鸭子嘲笑它说："别试了，我们是鸭子。怎么可能飞起来呢，你以为你是天鹅吗？"但是黑鸭子不以为然，它觉得自己只要肯练习，终有一天能够飞上天的。于是，它就这样每天不断地练习着，飞飞跌跌，无论春夏秋冬，风雨严寒，都没有中断过练习。

　　终于有一天，它扇动着翅膀飞向了空中。一直飞，一直飞……飞过高山，飞过了湖泊，看到了它梦想中的美丽风景。而白鸭子却由于翅膀不经常练习萎缩了，每天过着普通鸭子的生活。

　　一天，白鸭子指着天空中的黑鸭子对同类说："你们看，那只鸭子曾经是我的朋友。"同类们嘲笑它道："你在做梦吧，那是只黑天鹅。"白鸭子羞愧得低下了头。

心灵感悟

　　我们总是羡慕那些比自己幸福比自己强的人，然而，如果只是羡慕而不会为得到幸福而付出艰辛的努力，我们就只能止步不前。幸福其实很简单，坚持不懈地沿着自己的道路不断进取，它就会像花儿一样悄悄降临。

"一"字的故事

闻名天下的山海关号称天下第一关，至今去旅行的游客都会看见清晰壮丽的题字，刚劲有力，殊不知这个题字背后还有一段故事。

明朝万历年间，皇帝为了抵御女真侵犯，决定修复万里长城。在修复过程中，发现山海关"天下第一关"的题字中的"一"字已经脱落，于是皇帝召集天下书法家，希望重现山海关的本来面貌。

各地著名书法家闻讯而至，挥毫泼墨，但是依旧没有一人的字能够重现原来的气势。

皇帝十分着急，于是再下昭告，只要能够还原题字，给予重赏。

经过严格的筛选，最后中选的，竟是山海关旁一家客栈的店小二，这使众多著名书法家尴尬不已。

在题字当天，会场人山人海，大家都想看看这个店小二如何题字。只见店小二抬头看了看山海关牌楼，没有使用毛笔，而是拿起一块抹布往砚台里一沾，往牌上一划，干净利落显现出来一个一字，跟原来的分毫不差。皇上大喜，并问他如何能将这个字写得如此传神。

店小二勉强答道："我在这里当了三十多年的店小二，每当我在擦桌子时，我就望着牌楼上的'一'字，一挥一擦就这样而已。"

心灵感悟

的确，正所谓熟能生巧。即使再难的事情，数十年如一日的去做，终究会做成。铁杵磨成针，只要有恒心，天下就没有难事。

坚持到终点

　　老天爷永远青睐那些能够坚持的人。这话一点没错。我有一个老朋友小马，从小学到高中我们一直是同学。他学习并不出众，能力也一般，毕业后进了一家很普通的公司，之后我们没再联系。

　　十年后的同学会上，我再次见到了小马，令我感到惊奇的是，他现在是一家外资企业的生产部经理，年薪30万。这简直让我刮目相看，立刻讨教他成功的秘诀。他告诉我他已经在这个公司呆了十年了。单单生产线就呆了五年，然后当技术员两年，后来是副经理，现在是总经理。

　　我简直不敢相信，他还在当初的那家公司，也着实佩服他的毅力。他说其实他也曾想过换工作，但一想到新的地方还得熟悉和适应，什么都要从头开始。就怕了，怕折腾，与其这样，倒不如把找工作的精力放到现在的工作上，多学点。一席话叫我受益匪浅。是啊，现在许多人不就是耐不住寂寞吗？经常这山望着那山高。不甘于做自己的本职工作，久而久之，一件事也做不成。因为我们总是在一个又一个起点徘徊，没到终点却又放弃。

心灵感悟

　　如果你还在起点或途中，轻易不要转移目标，沿着自己这条路坚持下去，你一定会在终点收获到意想不到的成绩，那就是来自坚持的奖赏。

哈利·波特的诞生

从哈利·波特第一部到现在的终结版，这部作品带给了全世界影迷无限的遐想。当得知作者是位女性时，人们更是对她丰富的想象力大加赞赏，她就是英国作家——J.K. 罗琳。

罗琳从小酷爱写作，年轻时是一个充满幻想的英语教师。她有一个美满的家庭，称心的工作，这一切让许多人为之嫉妒。然而这美好的一切在瞬间不复存在。丈夫离她而去，工作没有了，居无定所，身无分文，再加上嗷嗷待哺的女儿，罗琳一下子变得穷困潦倒。然而，这些困难并没有浇灭罗琳写作的热情，用她自己的话说："或许是为了完成多年的梦想，或许是为了排遣心中的不快，也或许是为了每晚能

J.K. 罗琳

J.K. 罗琳，1965 年 7 月 31 日出生于英国的格洛斯特郡。哈利·波特系列小说的创作者。她还是历史上第一个收入超过十亿美元的作家。

158

把自己编的故事讲给女儿听。"她每天一边照顾女儿一边坚持不懈地写小说，有时房租都付不起，有时为了省钱省电，她甚至呆在咖啡馆里写上一天。在这样艰苦的条件下，第一部《哈利·波特》诞生了。然而，出版社却一次又一次拒绝出版，认为写给儿童的书没有前景。罗琳没有放弃，每天在家和出版社之间来回奔波。终于功夫不负有心人，英国学者出版社终于同意出版。没想到，这本书引起了全世界的轰动。被翻译成 35 种语言在 115 个国家和地区发行，至今畅销。

心灵感悟

无论哪个成功者，背后都会付出辛勤的汗水和艰难。梦想之路并不平坦，但只要有恒心和目标，再加上不懈的努力，就一定会迎来美好的未来。

蜘蛛也能飞翔

　　信念是一种无坚不催的力量，当它和坚持不懈的努力合为一体时，便更加所向披靡，成功也变得容易多了。

　　一天，我发现一只黑蜘蛛在后院的两檐之间结了一张很大的网。难道蜘蛛会飞？否则，从这个檐头到那个檐头，中间有一丈余宽，第一根线是如何拉过去的？后来，我终于发现了这其中的奥妙。原来蜘蛛走了许多弯路，从一个檐头起，打结，顺墙而下，一步一步向前爬，小心翼翼，翘起尾部，不让丝沾到地面的沙石或别的物体上，走过空地，再爬上对面的檐头，高度差不多了再把丝收紧，接下来再继续重复同样的动作，直到结成网。

　　蜘蛛不会飞翔，但它能够把网织在半空中，它的网精巧而规矩，呈八卦形张开，仿佛得到神助，原来奇迹是执著者创造的。

心灵感悟

　　其实，很多看似不可能完成的事情，背后都有着必然的努力做基础。点点滴滴的努力，不轻言放弃的坚持，都为成功的到来铺就了坚实的基础。有了这些，奇迹便不再遥远。

永不放弃

美国有个很著名的大学篮球教练，曾执教过很多出色的球队，战绩不俗。晚年时，他执教了一个很差的球队，这个球队刚刚接连输掉了十场比赛。

在第十一场比赛打到中场时又落后了三十分，球员们个个垂头丧气。这位教练面对着这群没有斗志的球员，大声地对他们说："各位，我想问大家，如果乔丹遇到我们这种连输十场又落后的情况，他会放弃吗？"球员们回答道："他不会放弃！"

教练又问："假如今天是拳王阿里被打倒后，但在钟声还没有响起，比赛还没有结束的情况下，他会不会选择放弃？"

球员们异口同声地答道：不会！

教练接着问他们第三个问题："米勒会不会放弃？"这时全场非常安静，有人问："米勒是谁？"教练笑道："米勒是我以前的学生，他在比赛的时候选择了放弃，所以你们从来就没有听说过他的名字！"球员们听完后，重新振奋精神投入比赛，竟然意想不到地转败为胜。

心灵感悟

任何一个成功者从来不会轻易放弃，选择放弃，就等于选择放弃希望，放弃机会。所以当我们面对失败时，坚持到底往往是转败为胜的法宝。

像蜗牛一样爬

　　说到蜗牛和金字塔，或许人们会觉得这是一对互不相干的词，像是辞海中两根针一样微小。然而如果把它放大几倍，那么就可以将其变成一句话，"像蜗牛一样爬上了金字塔顶端。"这句话不是神话，而是一个真实的故事。

　　有一支考古队来到金字塔进行考察。在考古中，考古队员发现了一个不可思议的现象，在胡夫金字塔的顶部，他们发现了许多蜗牛的躯壳。在人们的意识中，似乎只有鹰才能登上雄伟的金字塔，而这些蜗牛是如何爬上这 136.5 米、相当于 40 层楼房之高的金字塔顶的呢？经过考证，得知这些蜗牛是从塔底沿着墙，一点一点爬到这个世界上最伟大巍峨的金字塔上的。或许一个月，或许两个月，没人知道它们花了多久的时间，却凭借着瘦小的身躯实现了生命的价值。

心灵感悟

　　一只蜗牛在世上，很少有人赞赏它的踏踏实实和孜孜不倦。而当这种孤独的奋斗者默默无闻地爬上金字塔塔顶时，奇迹就发生了。执著的坚持造就了蜗牛的精神。许多成功的人也正是凭借这种精神一步步到达了自己梦想的高峰。所以我们在生活和工作中一定要脚踏实地，勤勤恳恳，一步一个脚印地走下去，有一天我们也会登上我们期望已久的金字塔。

四、诚恳处世，至善至真——
成就人生目标的基石

杀猪教子

曾参，字子舆，春秋末年鲁国人，我国著名的儒家大师，被后世儒家尊为"宗圣"。一天上午，曾参外出会友，他的夫人要去集市上买东西，曾参的儿子也吵闹着要跟妈妈一起去，一边拉着妈妈的袖子，一边哭泣。曾参夫人没办法，只好哄着孩子，让孩子先回去，她说："等妈妈回来以后，杀猪给你烧肉吃。"

午后，曾参的妻子从集市回来了，曾参也回到了家中，当曾参听到这件事情之后，便磨刀霍霍要捉猪来杀。他的妻子急忙拦住他说："我不过是哄骗小孩子玩的，怎么能当真！？"曾参正色言道："为人父母者决不可以对孩子哄骗，因为小孩年幼不懂事，万事都要照父母的样子行事，遵从父母的教导。现在倘若我们哄骗孩子，就是教孩子学会骗人。倘若母亲欺骗孩子，那孩子以后就可能不相信妈妈的话，我们以后怎么来教育孩子呢？"于是，曾参就把猪给杀了。

心灵感悟

曾参用自己的行动教育孩子要言而有信，诚实待人，这种教育方法是很可贵的。

诚信经营的约翰

　　约翰是美国德州的一家汽车维修店的老板，他大学毕业后就在家人的资助下开了这间店铺，靠着诚信经营和价格公道，小店的生意还算红火。某天，一位顾客走进了约翰的维修店，顾客看起来40多岁，自称是某货运公司的长途司机，他先是仔细询问了约翰各项维修的费用，然后悄悄地对约翰说：“老板，以后我会经常在你家修车，但是你要在我的修理账单上多写点零件费用，等我报销后，会给你一份回扣。”

　　约翰听后礼貌地拒绝了这位顾客的要求，没想这位顾客纠缠不休，他说：“老板，我们公司的生意可不小，我和我的同事会常来的，你肯定会很赚钱的！”约翰再次肯定地告诉顾客，他无论如何也不会做这种事情。最后，那顾客气急败坏地叫嚷：“你这个傻瓜，这么赚钱的事情换成谁都会这么干的，我看你就是个笨蛋！”约翰也生气了，他愤怒地要那个顾客马上离开，到别家谈这种生意去！

　　这时，愤怒的顾客却忽然露出微笑，他握住约翰的手，满怀敬佩地说：“您好，其实我就是货运公司的老板。我一直想找到一个诚信的维修店长期合作，不知道您是否愿意跟我签订一份50万美元的合同？”

心灵感悟

　　诚信——是一种平淡、质朴却蕴含人生最智慧闪光的品格。这份品德也许不能让你得一时之利，但必定会让你受惠终生！

一盒火柴的诚实

　　特里是利物浦的一位银行家，一个冬夜他被一个可怜的小乞丐拦在回家的路上，这个衣衫褴褛的孩子请求道："先生，买包火柴好吗？"特里摇摇头："谢谢，我不需要。"说着就要起身离开。"先生，请您买包火柴吧，我和我弟弟今天还没有吃过东西呢！"小男孩儿追上来恳求特里。特里看着这个可怜的孩子，心中突然涌起一阵酸楚。他一摸口袋，发现没有带零钱，特里递给男孩一英镑："我没有零钱！"男孩儿见特里愿意买火柴，兴奋地说"先生，您先拿着火柴，我去给你换零钱。"说完，男孩儿接过特里的一英镑就跑走了，特里点了根香烟，他等了很久都没等到男孩回来，特里自嘲一声就回家了。

　　第二天晚上，特里又在回家的路上遇到了一个男孩儿，那男孩比昨天的略小些，他怯生生地问："先生，您是否昨晚在这儿买过一盒火柴？"特里有些奇怪，一问才知道原来男孩是昨晚那孩子的弟弟。昨晚那孩子在换完零钱回来的路上被车子撞伤了，现在还在家卧床不起，他叮嘱弟弟今天一定要等在这儿把钱找给特里。特里让男孩儿带他去他们家里，那受伤的男孩一见到特里就挣扎着起来说："先生抱歉，我昨晚没能按时把零钱给您送回去，失信了！"特里深受感动，在了解了他们无人照顾之后，收养了这对兄弟。

心灵感悟

　　诚实的可贵，不仅在于它让人们的灵魂永远闪耀着人性的美丽，更在于它能给人们带来幸福。而且这种幸福往往是加倍的。

晏殊立信

　　晏殊，字同叔，北宋著名词人、诗人、散文家，他从小聪明好学，5岁能诗，有"神童"之称。景德元年，江南巡抚张知白闻晏殊才名，极力举荐其进京。次年，14岁的晏殊与来自全国各地的数千名考生同时参加殿试，他从容应试，援笔立成，受到真宗的嘉赏，赐同进士出身。第三天复试"赋"时，晏殊发现自己之前练习过，于是奏道："此赋题自己以前曾做过，请求圣上另改他题。"真宗见其不仅有才华，而且诚实可信，于是大加赞赏，授其秘书省正事，留秘阁读书深造。

　　晏殊为官时，天下正值宋朝太平盛世，举国一幅欣欣向荣的景象，京城的大小官员闲暇时候或者到名胜游玩，或者在城内的酒肆茶楼举行宴会。彼时，晏殊家贫，没钱去吃喝玩乐，只好每日和兄弟们在家里读写文章。一日朝堂之上，皇帝升晏殊为辅佐太子读书的东宫官。满朝皆惊，群臣不明白皇帝为何做出这种决定。皇帝说："尔等群臣终日游玩饮宴，晏殊却每日闭门读书，如此勤勉谨慎，正是东宫官最合适的人选。"晏殊先谢恩然后上奏："其实我也喜欢游玩饮宴，只是因家贫穷困，否则，我也早就参与宴游了。"于是满朝文武大笑，但这也使晏殊树立起了信誉，而皇帝也更加信任他了。

心灵感悟

　　无论经商还是做官，我们都应该谨守自己的诚信之德，只有树立了自己的信誉，才能拥有未来的发展。

樱桃树

美国开国总统华盛顿小时候很调皮。一天，父亲送给小华盛顿一柄漂亮的小斧头。华盛顿很高兴，他拿着这柄崭新、锋利的斧头心想："父亲能用大斧头砍倒大树，我能不能用这小斧头砍倒小树呢？"他看到有棵樱桃树在家里花园的边上，微风吹过，樱桃树摇曳多姿。小华盛顿见状很是开心，举起小斧头就朝樱桃树砍去，只几下，樱桃树便在他"勇敢"的砍伐中倒在地上了。

华盛顿的父亲回家后，看见被砍断的小树，非常生气，说要狠狠惩罚那个砍树的人。小华盛顿看着爸爸，心里很害怕，他担心会被父亲处罚。不过，勇敢的小华盛顿还是诚实地跟爸爸说："父亲，樱桃树是我砍的！我只是想试试您送我的斧头是不是很锋利。"小华盛顿原以为父亲会狠狠地教训他，但他没想到父亲见到华盛顿有勇气承认自己的错误，并且能诚实认错，不但没处罚他，反而夸赞他说："好孩子，你的诚实让我很欣慰，因为即使是一万棵樱桃树也比不上一个诚实的孩子啊！"

心灵感悟

诚实是一个人最低的道德标准，也是最美好的品质，但同时也是最宝贵的财富。拥有诚信的人，才能在生活中赢得他人的尊重，事业上取得长足的进步。

秦之立信与周之亡国

　　古语说，"得民心者得天下"，民心之得，在乎诚信。春秋战国之后，秦国一统天下，史学家评论是变法的功劳。秦臣商鞅实施变法，为了树立新法之威信，商鞅令人在秦都南门外立了一根三丈长的木头，并宣布：只要有人能把这根木头从南门搬到北门，便赏金十两。众人不信有如此好事，结果没人愿意搬。接着，商鞅将赏金提到50两。重赏之下，终于有人站出来，将木头扛到了北门，于是商鞅立即赏了他五十金。此举让秦国百姓认可了秦法之信，接下来秦国在新法的帮助下渐渐强盛，最终一统中国。

　　相反，在周朝，国君幽王有个叫褒姒的宠妃，为博褒姒一笑，周幽王竟下令点燃了数座烽火台的烽火。那烽火本是边关报警的信号，非外敌入侵不能点燃。当日诸侯们见到烽火，匆匆提兵赶到，谁知到了城下之后发现这一切原来只是昏君为博妻一笑的花招，诸侯们大怒愤然离去。褒姒看到城下威仪赫赫的诸侯们紧张又无奈的样子，终于开心一笑。五年后，外族犬戎围攻周国都城，周幽王再燃烽火，但这一次诸侯们可不愿第二次上当了，结果幽王身国俱亡。

心灵感悟

　　立木取信，一诺赏真金，秦国灭六国而取天下；昏君无道、烽火戏诸侯，周朝丧江山而亡国家。可见，"信"对国家的兴衰存亡都起着至关重要的作用，更何况于我们普通人呢？

失信与失命

　　河南有个商人在姑苏经商，当地多水，货物的往来运输也多走水路。一日，商人去震泽运蚕丝回平江，遇到风浪，满船货物连同舟楫都沉到了湖中，商人抓住一块船板拼命呼救。一个渔夫闻声寻来，商人急忙呼喊："我是河阳商行的东家，你若能救我性命，我将赠你黄金百两！"然而待被救上岸后，河南商人却来了个卸磨杀驴，他只肯给渔夫十两黄金。渔夫责怪商人不守信用，谁知那商人却说："你一个小小渔夫，终日出船打渔终老一生都挣不了几个铜板，如今我赏了你十两金子，难道你还不知足吗？"渔夫有苦说不出，最后只得悻悻而去。

　　不想，那河南商人之后又一次在太湖上遇险，同上次遭遇如出一辙，只落得个翻船求救的下场。就在这时，几名渔夫驾船而至，其中正有一名当年的那个渔夫。有人欲救，那个曾被商人骗过的渔夫说："他就是那个骗我的商人！"于是众渔民唾弃着离开了，商人后悔不迭，终被淹死了。

心灵感悟

　　当然，商人两次翻船遇到同一个渔夫是偶然的，而且渔民见到商人落水不予搭救也不是我们要宣扬的，但就商人最后的遭遇而言，他最终溺水而亡，就是因为自己失信于那个渔夫。

一诺千金

一诺千金，是指许下的一个诺言有千金的价值，比喻说话算数，极有信用。

这句成语源自汉初的勇将季布。季布为人仗义，自幼便好打抱不平，以信守诺言、讲信用而著称，交游广阔、朋友众多，甚至在楚国中广泛流传着"得黄金百斤，不如得季布一诺"的话。

季布初时为霸王项羽帐下五大将之一，数次围困刘邦，项羽兵败之后，汉高祖刘邦悬赏千金捉拿季布，并下令：凡有胆敢窝藏季布者，论罪夷灭三族。

然而，季布的好朋友们不仅没有被赏金诱惑，还冒着灭三族的危险来保护他，甚至为季布四处托人向汉高祖刘邦上奏说情。最终，季布不但得到了高祖刘邦的原谅，还位列高官。试想，季布能免遭祸殃，不正是因为他平日诚实守信，得到了最珍贵的友谊的缘故吗？

心灵感悟

所谓，诚实有信者得道多助，失信无德者失道寡助。守信的人能获得朋友们的尊重和友谊，反过来，如果有人贪图一时利益而失信于朋友，也许暂时在表面上是得到了"实惠"，但最后，难免因为眼前的丁点儿实惠毁了自己的声誉，甚至毁了很多比财富重要得多的东西。

冰雪有信

　　喜马拉雅山是世界上海拔最高的山脉，山峰终年被冰雪覆盖，远远望去，整座山脉银装素裹、亭亭玉立，就像女神在俯视人间，保护着淳朴善良的人们。而今，它更是全世界登山爱好者们向往的圣地。在这些登山者间一直流传着一个故事。

　　早年的喜马拉雅山少有人烟，更少有登山者攀岩。多年前有一群登山者和摄影家来到这座山峰攀登。他们在山下集结完毕后准备上山，

喜马拉雅山

诚信和承诺就像喜马拉雅山一样令人敬仰。

想到山顶酷寒难耐，登山者便请当地一名少年导游帮忙去买些酒来，预备上山后取暖。那少年在崎岖的山路上就靠着双脚奔行，跑了两三个小时才买回了酒水，登山队员们很受感动。第二天，少年又一次替大家去山下买酒，这次登山队员们给了少年很多钱。但他们一直等到第三天下午也没看见那个少年回来，于是，登山队员们都认为那个少年把钱骗走了。第三天夜里，有人来敲登山队的门，队员们开门一看原来是那个少年导游。原来，少年第一天只在一个商店购得 5 瓶啤酒，少年唯恐不够，于是翻了一座山，才在另外一处地方又买了 6 瓶，没想到在返回的时候不小心摔倒，摔碎了 3 瓶酒。

此刻，少年哭着拿着碎玻璃片，向队员们交回零钱，在场的人无不深受感动。后来，这个故事越传越广，到这儿的游客也就越来越多了。

心灵感悟

诚信是在冰冷的高山之巅盛开的雪莲，带给人们的是感动和希望。拥有诚信的人，必定会赢得人们的尊重和赞誉。

哲理故事

一座墓碑的承诺

　　纽约河边公园有一座"南北战争阵亡战士纪念碑"，用以纪念在美国内战时牺牲的士兵，南北战争时担任北军统帅、后来担任美国第十八届总统的格兰特将军也安葬在此处。在将军陵墓的后边，靠近悬崖边的地方，还有座陵墓。那是个极小极普通的埋葬着一个平凡孩子的坟墓，陵墓上只立着一块小小的墓碑。有一个感人的故事被刻在墓碑旁边的一块木牌上。

　　1797 年，当时这片土地还是一位富翁的私有领地，富翁的儿子幼年时不慎在这里坠崖身亡，富翁伤心欲绝，将爱子埋葬于此。数年后，富翁因故不得不将这片土地出售，但他对要购买土地的人提出一个要求——把孩子的陵墓作为土地的一部分保留下来，并永远不毁坏它。购买者同意了，并将这个要求写进契约。时光荏苒，几百年过去了，这片土地不知道换过了多少个主人，那早逝的孩子的陵墓却仍然还在那里，在一个又一个的买卖契约中被奇迹般地完整无损地保存下来，一直没有被毁坏。直到这片土地被选中为格兰特将军的陵园，美国政府也保留了这孩子的墓碑，让他和格兰特将军成了邻居。

　　后来，在格兰特将军诞辰的时候，纽约市市长亲自在公园里讲述了这个故事，这个象征着美国的自由、尊重、诚信的故事。

心灵感悟

　　诚信，不仅仅发生在熟悉人的世界里，在不熟悉的陌生人之间，也许会更打动人心，引起震撼。

·175·

考验诚信

波利刚满 16 岁的时候，他的父亲去世了，留下了 9 个弟妹和他的妈妈相依为命。他们靠一小块土地谋生，住在一所有四间屋子的房子里。波利是家里最大的孩子，所以他的母亲告诉他，他必须独自承担起照顾全家的责任。

波利到镇里最富有的人——法官多恩那儿去讨要 1 美元，那是法官购买波利父母的玉米时欠的钱。法官多恩把钱还给了他，然后，法官告诉波利，他的父母也欠他一些钱。他说波利父亲曾向他借了 40 美元。"你准备什么时候把你父亲欠我的钱还给我？"法官问波利。"我可不希望你像你的父亲那样。"他说，"他这个人很懒，从不卖力气干活。"

在法官的帮助下，波利凭借诚实的劳动和坚强的毅力，不仅还清了父亲欠的旧债和自己欠的新债，还有了一定的积蓄并且买了一个大农场。

波利 28 岁的时候，已经成为本镇的头面人物之一。那一年法官去世

心灵感悟

生活中有很多有形的或者无形的考验是需要诚信来通关的，只有拥有诚信的人，才能赢得生活的考试和检验，顺利拿到人生的幸福通行证。

了，他把他的那所大房子和大部分财产赠给了波利，他还留了一封信给波利。波利打开看，发现这封信是法官在波利第一次外出打猎向他借钱那天写下的。

"亲爱的波利，"法官写道，"我从未借给你父亲一分钱，因为我从来都不信任他，但是当我第一次见到你时，我就很欣赏你，我想确定你和你的父亲不同，所以我考验了你。这就是我说你父亲欠我40美元的原因。祝你好运，波利！"

岔道口的诚实

欧文是英军某陆军装甲旅的坦克驾驶员，一次英军举行军事竞赛，欧文所在部队也被选入参加长途越野单元的比赛。军事越野赛在英国北部的一片森林中举行，欧文也代表其所在部队参与竞赛，但是作为驾驶员的欧文并不善于长跑，所以在越野赛开始后不久就远远落在众人后面，欧文在森林中孤零零地跑着，作为军人的骄傲由不得他放弃。在转过了几道弯后，欧文跑到了一个岔路口前，岔路口前立着两块标牌，左边一块写着军官跑步专用；右边的标牌上标明是供士兵跑的路径。

欧文停下喘息了一会儿，心中暗暗地抱怨指挥部不公平，军官竟然连参加越野赛都有特殊待遇，不过尽管感到不满，欧文还是朝着士兵的小径跑了过去。一个钟头后，欧文到达了终点，而且是以第一名的成绩！从来没有在这种比赛中取得过名次，甚至连前20名也没有获得过的欧文感到不可思议，直到主持比赛的上校笑着恭喜他，欧文才相信这是真的。直到几个钟头后，大批参加竞赛的军人赶到，累得筋疲力尽的士兵们看见赢得了胜利的欧文，也觉得意外。这时，上校才向众人揭开了谜底，原来，那军官专用的越野路线比士兵的要长足足3倍！大家这才醒悟过来，原来是自己在岔路口前失信的选择付出了代价！

心灵感悟

人的一生中会遇到无数的岔路，只要我们坚守心中的正直和诚信，我们就能以看似愚笨的选择，找到成功的捷径！

诚信酒

古时候，有个赵国的年轻人叫刘四，他在家乡的集市上开了家小酒馆，取名叫"实惠酒肆"。酒馆刚刚开张的时候，刘四的买卖做得很实惠，碗大、酒香、菜价便宜、童叟无欺。"实惠酒肆"每天都生意兴隆，客人络绎不绝，每次不到天黑，酒就都卖光了。刘四看着红火的生意，乐得合不拢嘴。不过，慢慢地，随着酒馆的生意越来越好，刘四的歪点子也冒了出来，他开始把卖酒的大碗变成小碗，但价钱并没有减少。为了安抚顾客，还对大家说在酒里加了滋补的草药。

小镇上淳朴的客人们相信了刘四的谎言，酒肆的客人不但没有减少，反而比以前更多了。黑心的刘四又赚了不少钱，接着他又往酒里加水，后来甚至连小菜的份量都减少了。结果数天之后，客人越来越少了。

刘四很是苦闷，直到一天，一位白胡子老头到店里来，他问刘四："你这店里原来不是生意很好吗，怎么现在这么冷清？年轻人，去拿只笔来，我给你一个秘方。"刘四拿来纸笔，老头在上面写了两个字——诚信。从此，刘四把酒店改名为"诚信酒馆"，并且坚持诚实经营，慢慢地生意越来越好，更胜从前。

心灵感悟

无论是做生意还是干事业，人不能贪得无厌，否则倘若失信于人的话，那么他将不断地失去自己最赖以生存的东西！

诚实的列宁

列宁 8 岁的时候，有一天，他跟家人到姑妈家做客。大人们在客厅热切地交谈着，姑妈家的表兄妹们见到列宁也都很高兴，拉着他一同在房间里玩捉迷藏。在躲藏的时候，列宁不小心撞到了桌子，桌子上的一只漂亮的珐琅花瓶掉到地上摔碎了。此时的孩子们正玩得起劲，藏得很隐蔽，谁也没有注意。姑妈听见房中传来的破碎声走了进来，只见花

列宁和斯大林在一起

列宁（1870—1924年），原名弗拉基米尔·伊里奇·乌里扬诺夫，列宁是他的笔名。列宁是著名的无产阶级革命家、政治家、思想家、理论家，布尔什维克党的创建者、苏联的缔造者。他继承和发展了马克思主义，形成了列宁主义理论。被全世界共产主义者广泛认同为"全世界无产阶级和劳动人民的伟大革命导师和领袖"，也被世人认为是 20 世纪最伟大的人物之一。

瓶的碎片散落一地，"谁打碎了花瓶？"姑妈问。列宁的表兄妹们都说："不是我！不知道。"列宁也低声地说："不是我。"姑妈见状笑着说："那花瓶一定是自己打碎的。"孩子们都笑起来，只有列宁没有笑。

回到家，列宁将自己一个人关在房间里闷闷不乐，列宁的母亲问他为什么不高兴，列宁犹豫了一下，还是把在姑妈家打碎花瓶的事告诉了母亲。母亲让列宁写封信给姑妈，在信中他承认自己说了谎，并向姑妈道歉。过了几天姑妈回信了，信中说姑妈很欣慰，她还称赞列宁是个勇于承认错误的诚实的好孩子。

心灵感悟

忠诚正直、遵守诺言、言行一致、表里如一，这些优秀的品质正是一个伟人应具有的。我们不但要为诚实守信的美德高唱颂歌，而且更应该努力地去身体力行。

不虚伪的虔诚

在中国南方的一座小寺庙里，有一师一徒两位虔诚的僧人。有一天，他们为了让自己修行圆满，决定去遥远的西方灵山朝圣。师徒俩一路向西而行，一边求施主的布施一边辛苦地赶路，他们日夜兼程，不敢稍有停息。因为他们在出发时，向佛祖发了誓愿，一定要在佛祖诞生日那天赶到圣地，向佛祖恭贺。一名僧人，最重要的戒律就是守信、虔诚、不妄语，更何况这誓愿是对佛祖发下的！

当师徒俩穿越一片沙漠的时候，年轻的弟子因为受不了高温和缺水而病倒了。此刻，离佛诞日已经很近了，但他们距离灵山还有很远的路。为了完成誓愿，师父搀扶着弟子向西走，但是弟子的病又加重了，于是，师傅开始背着弟子赶路。只是，这样他们行进的速度就慢了许多，连原来的一半都不到。第五天，重病的弟子已经无法坚持了，他流着泪央求师父："师父，弟子罪孽深重，无法完成对佛祖发下的誓愿了，弟子不能连累您，请您独自上路吧，完成誓愿要紧。"师父轻轻地将爱徒背到身上，望着西方说："我们的誓愿是去灵山朝圣，当我们从寺院上路的那一刻，灵山和佛祖就在我们心中了。佛不会责怪虔诚的信徒，让我们能走多远走多远吧……"

心灵感悟

与人诚信可以获得"一诺千金"的尊敬，与国诚信可以获得国富民强的兴盛，与自己的心诚信，则可以让自己的心地和精神获得最祥和的安抚和宁静！

张良守约

张良，汉初三杰之一，这里讲述的是张良少年时尊敬老者、信守约定的故事。

某日，张良在一座石桥上遇到一位身穿黄色粗衣的老人，老人看到张良后，将脚上的草鞋丢到桥下，并且对张良说："小子，去把鞋给我捡回来！"张良看老人年高，就到桥下取回鞋子递还给他。没想到老人在桥头看都没看张良一眼，说道："给我穿上！"

张良有些不悦，但依然跪在地上帮老人把鞋穿上，老人笑了笑，和蔼地对他说："小娃娃值得一教，五日后天亮时在这等我。"说完就走了。

张良虽有些奇怪，但还是按照老人说的时间来到桥上，此时那老人已经在桥上等着他了，老人很生气地说："现在天已经亮了，年轻人怎么可以在和长辈的约定中迟到，你以后能有什么作为？五天后，鸡叫

心灵感悟

青少年时期，是人的一生中最美好的时期，也是人生观和世界观树立的最佳阶段。从小就树立起诚信的观念，培养诚信的美德，对人的一生都将起到重要的作用。

时来等我。"说罢老人拂袖而去。

张良这回在鸡刚叫的时候就去了桥上，结果老人又已经先到那里了。老人十分生气地说："我都听见鸡叫三声了，你才过来，五天后再早点儿来见我！"

结果这次张良在第四天的半夜就到桥上等着那位老人。一会儿，老人也到了，他看到张良等在这里，很高兴地说："年轻人欲成大事，必须要遵守诺言，守时守信。"

接着老人传给张良一部书叫做《黄石兵法》。后来张良更凭借这本书帮助汉高祖刘邦完成了统一大业，成为汉代的开国元勋。

韩信兑现心的承诺

汉初，天下烽烟四起、群雄逐鹿、英雄辈出，除了我们之前说过的张良之外，另有一位号称"汉初三杰"之一的英雄人物——韩信！

韩信自幼家境贫寒，性好游侠，因未被推选做官，又没有什么谋生之道，常常依靠别人糊口度日。但是同乡很多人都讨厌他，不肯施舍他。他那时只能靠去江边钓鱼填饱肚子，运气不好的时候，就只能挨饿。同村一位好心的老妇人可怜他，经常带他回家吃饭。韩信很感激老妇人的帮助，就对她说："我以后一定会好好地报答您老人家！"然而老妇人听后生气地说道："难道我帮助你是为了你的报答吗？我只是可怜你一个男子汉却不能养活自己，怜悯你罢了！"韩信从此不再对老妇人说感激，然而在心里却对老妇更加感激和崇敬，并立志要出人头地回报老人的关怀和帮助！

后来，韩信帮刘邦消灭项羽、夺取天下，官封齐王！衣锦还乡后，韩信对曾经帮助自己的老妇以尊亲相待，重金报之。他对老妇人说，他知道老妇不是为了自己的报答才帮助自己的。但是，韩信当年在心底立下誓言一定要报答老妇的恩情，所以他一定要实现自己的承诺！

心灵感悟

实践诺言，不仅仅是针对说出口的誓言，更重要的是，要守住自己心中的承诺。

承诺之后

　　华歆与王朗是同乡，一对挚友，两人皆是受他人尊敬的德才兼备之士。某年，黄河泛滥，洪灾肆虐，华歆与王朗的家乡也遭了难，无奈之下，他们只得随同诸人一起乘船逃难。华歆与王朗的逃难船上除了其他难民还堆满了物品，这时，又来了一位逃难的人苦苦央求着想上船。华歆想了想对这个人说他们的船已经坐满了，并满怀歉意地请那人另择他船。王朗却很大方，一边责备华歆小气，一边要接那人上船一起逃命。华歆见王朗这样说，也就不好阻拦，最终船上又多了一人。

　　可是，他们的船没走几天就遇上了盗贼，盗贼船轻舟快，眼看便要追上他们了，这时，王朗又埋怨船上人多，就要把最后上船的那人扔下去，以便减轻船身的重量逃命。华歆听了，却严肃地说当时他考虑再三，就怕人多不便行船，才拒绝人家。现在既然许了人家上船，怎能不守诚信，丢下人家独自逃命！王朗听后，羞愧得说不出话来。最后，全船的人齐心协力抛下不必要的辎重，合力划船终于摆脱了盗贼。

心灵感悟

　　有些人经常在不涉及自己利益的情况下与人大方，而一旦与自己的利益发生矛盾，便背信弃义、露出丑恶一面。而有的人则一诺千金，不轻易承诺，但一旦承诺就必定遵守。所以，我们在接受别人的承诺的时候，一定要看清对方的人品，勿要轻信于人。

诚信的池莉

　　池莉是一位深受读者熟悉和喜爱的小说家。作家出版社与她签约创作长篇小说《小姐，你早》，在距离交稿日期还剩不到 10 天时，电脑突然出了故障，之前已经完成的 10 多万字文稿瞬间化为乌有。

　　一时间，她愣在电脑面前，脑子里如同一张白纸。怎么办？直接向出版社把情况说明，争取延迟交稿时限？这是突发状况，相信编辑能理解，也能谅解。但是池莉没有那样做。她想了许久，既然答应人家，就应该履行承诺，否则失信无异于失节，这是很重要的事情。于是，在仅剩的不到十天时间里，她把休息时间压缩到最低限度，利用了一切可以利用的时间，推掉了所有的应酬和活动，甚至为了赶稿"蓬头垢面"、衣裙不整，昼夜不停地赶写书稿，最终在约定的期限内如期完成了作品。

　　在仅仅一周多时间里，池莉整个人瘦了一圈，两只手由于不停地敲击键盘，已几近麻木。后来出版社得知了内情，非常感动。作为一个深受读者喜爱的著名作家，不摆名人架子，言必行，行必果，多么令人尊敬！

心灵感悟

　　诚信是一个人处事和待人最重要的名片，它也是赢得他人信任的法宝。成功的人，无论对人还是对事，都会时刻敲响诚信的警钟。

音乐家的诚实

门德尔松是著名的德国籍犹太裔作曲家，是德国浪漫乐派最具代表性的人物之一，作品以精美、优雅、华丽著称，被誉为浪漫主义杰出的"抒情风景画大师"，我们熟知的《婚礼进行曲》就出自他的手笔。但是，很少有人知道这位伟大的作曲家还有着一颗高洁的心，接下来，我们要讲述这位作曲家的一个关于诚信的故事。

1829 年，门德尔松在柏林歌唱学院的演奏引起了乐坛轰动，而他也成为闻名遐迩的指挥家。同年门德尔松赴英国指挥伦敦爱乐乐队，这是他十次英

门德尔松肖像 （1829 年）

门德尔松（1809—1847 年），通称费利克斯·门德尔松，又译孟德尔颂等。德国犹太裔作曲家，生于德国汉堡的一个富裕家庭，逝于莱比锡。门德尔松是德国浪漫乐派最具代表性的人物之一。

国之行的第一次。当时他以优雅而深情的音乐作品轰动了英国。英国女皇维多利亚甚至在英国的皇宫白金汉宫为门德尔松举行了盛大的招待会。席间，女皇谈及她特别欣赏他的《伊塔尔慈》一曲，并且对他说，"单凭这一支曲子，就可以证明你的天赋！"不想门德尔松听了之后，顿时脸色发白，然后他局促不安地告诉女皇说，这支曲子不是他做的，而是他姐姐做的。维多利亚女王很感动，因为，本来门德尔松是可以将这件事隐瞒过去的，但他那高洁的心性让他在荣誉面前并不想失去诚信。因为他觉得诚实是一个人应有的品质。

心灵感悟

　　也许，任何一位音乐家都可以写出优美的曲子，但是，倘若失去了诚信的洗礼，再美妙的音乐都会失去那一抹空灵的曼妙。

最美的实话

Q 国的主宰是一位拥有漂亮的相貌和很强的虚荣心的皇后。一天，皇后突然心血来潮，她命人用黄金铸成一柄宝剑，然后在朝廷上召集文武大臣，将金剑举在手里并对大臣们说："我知道我很美，但我不知道我的美到了什么程度，你们都是才华横溢的人，谁能将我的美貌说得最好，我就把这金剑赏赐给谁。"对于众大臣来说，皇后赐予金剑是名誉与智慧的象征，大臣们个个搜肠刮肚地想着最美丽的话语。

财政大臣说："皇后，您的美貌能够让花儿羞愧，让鱼儿沉入湖底。"

商务大臣立即反驳道："这种话未免过于流俗了，皇后是 Q 国之母，她的美貌应是倾国倾城。"

水利大臣想法简单："皇后的美貌是天下第一！"但见朝堂上诸大臣吵吵嚷嚷，如同菜市场一样。而皇后却似乎不甚满意。这时，忠实厚道的土地大臣站出来说："老臣此生见过无数女子，皇后算是其中最美的了。"皇后听后大喜，向诸位大臣宣布说："这句话将我的美丽形容的最完美，将金剑赐给土地大臣。"

心灵感悟

难道诸位大臣说的赞美之辞不够美丽吗？为什么这些词语不能使皇后感到满意呢，而土地大臣一句简单而朴实的称赞却使皇后心满意足呢？简单地说，就因为老臣的称赞没有夸大和虚无，他只是实事求是地描绘了皇后的美貌。所以，我们说，最诚实的就是最美丽的。

诚于专心

德国汉堡的北部有位老锁匠，很多人似乎有记忆的时候就在老锁匠那里修锁。他一生修锁无数，无论是传统的机械锁还是现代的密码锁，他都能以高超的技艺和热情周到的服务帮助大家解决麻烦，并且收费一直很合理。不过，最主要的还是老锁匠为人正直，所以他深受人们尊重，毕竟，开锁修锁有时候是个考验人心诚信的活儿。

可是，老锁匠老了，再也没有从前的精力和体力了，于是，为了不让技艺失传，老锁匠开始物色徒弟。最后他挑中了两个男孩子。老锁匠决定对这两个孩子进行一次考试，他让两个孩子同时去开两个完全相同的保险柜，谁用时短谁就将成为老锁匠的学生，老锁匠的一些朋友和客人也来观战。结果甲徒弟不到十分钟就打开了保险柜，而乙徒弟却足足用了半小时。众人觉得甲徒弟必胜无疑了，接着老锁匠问他们俩保险柜里都有什么，甲徒弟兴奋地说："师傅，里面有很多马克，大约有二十几万。"而乙徒弟却支吾了半天后才说："师傅，很抱歉，我没注意看里面有什么，因为您当时只叫我开锁了，所以，我没留意其他的什么。"老锁匠最终选择了乙徒弟继承自己的衣钵。一个锁匠，倘若做不到对钱财视而不见，那么他怎么保证能打开心中的那把锁？

其实，事情往往就是这样，我们的诚与信，不止是针对某件具体的事物，更主要的是针对自己本心！

雨中巴士站

　　简妮和朋友约好晚上五点在三香路巴士站见面，不巧的是，当天下着很大的雨，简妮下班后就过来了，独自一人在被暴雨淹没的车站等待朋友的到来。简妮想着："我既然答应了朋友，就应该在这儿好好地等着她。"正当她在这清冷的雨水中觉得有些冷的时候，简妮隐约看见一个男孩向站台跑来，男孩跑到她的旁边，身上已经湿透了，简妮递了张纸巾过去，男孩儿笑着谢谢她，两人开始闲聊起来。原来，男孩也是在这里等人！

　　他们一辆、二辆、三辆地数着车来车往，可惜每辆车下来的乘客们都不是他们要等的人。从车上跑下来的人们匆匆忙忙地又在雨中离去了，简妮和男孩儿伸长了脖子、踮起脚、头抬得高高的，却一次一次地失望。但男孩儿还是一动不动地站在那儿，简妮觉得这孩子真是个守信的人，她为他的朋友可以拥有这样一个诚信的伙伴儿而高兴。当然，简妮似乎并没发觉，自己其实也是个诚信的好姑娘。

　　终于，又有一辆车来了，车上下来了一个女孩子，男孩见到她之后马上露出了笑容，他们欢快地抱在一起，男孩儿向简妮说了再见，就和朋友有说有笑地消失在人群中。只是最后，简妮却始终没有等到要等的人。直到她接到朋友的电话，说是因为雨太大，所以没来之类的话。简妮没有多说什么，笑笑就挂断了电话。

心灵感悟

　　诚信是一种责任，更是终身受用无穷的财富，它能像镜子一样，照着我们的灵魂和心灵，激励着我们前行。

诚实的价值

一个穷苦的小孩，父亲在他 13 岁时就去世了，于是他不得不到一家银行当工人，靠微薄的收入过日子。

有一天，银行派他到客户家中取 300 法郎，当他回到银行对收到的款项进行核算时，却发现多了 300 法郎，他马上跑回客户那里，将多出的钱还给这个客户。

这个客户是当时颇有名望的数学家高斯先生，高斯收下钱后对他说："你真是一个诚实而又不贪心的人啊！欢迎你方便的时候常来和我聊天，我愿意和你做个永久的朋友。"

此后他便经常去高斯家中，向高斯请教有关数学及电报方面的知识。过了一段时间，他辞去了银行的工作，得到了高斯的投资在柏林经营书店。后来，经历了许多艰难困苦，他建立了欧陆通讯网，规模甚至扩展到了全世界。

这一切都与他当时的诚实不无关系，因为他的诚信，才获得了创业的援助，最后发展成了今日繁荣的路透社，这个人就是保罗·茱利·路透。

心灵感悟

诚实是每个人最大的无形财富，诚实的人忠于自己的良知，即使是在有急需时，也不会因为贪一时之财而丢弃自己的尊严。一个诚实的人做事不会违法乱纪、投机取巧，因此较能获得他人的信赖和支持。

清酒蕴信

　　在日本的大阪，曾经有这样的一个故事，一个贫苦的三口之家：爸爸、妈妈和可爱的女儿。爸爸由于和领导闹翻，辞了工作，和妈妈一起向亲戚朋友借了些钱，就在自己家里开了一个小酒馆，还顺带卖些香烟之类的东西，虽然辛苦，倒也可以维持生计。

日本酒
这一桶桶的酒樽里装的都是用诚信打造的醇香的清酒啊。

慢慢地，酒馆生意渐渐好起来了，邻居们都喜欢下班后几个男人聚在一起来爸爸这家小酒馆坐坐，喝喝清酒，放松下心情。有一天，放学后的小女孩写完作业之后就到厨房去帮忙了，可是，在后厨，小女孩看见自己的父亲正在把水和清酒调在一起儿，然后又装在一个个敞口的酒瓶里。爸爸这时也看到了女儿，父女俩爆发了激烈的争执。女儿责备父亲这样做不讲良心，父亲狡辩说："因为我发明了这种酒才让家里的生意变好。"小女孩的思维单纯，自然说不过爸爸。最后，只得找来在前面忙碌的妈妈评理。妈妈听了女儿的讲述后，几乎不敢相信自己的耳朵，妈妈说："我们现在的生意这么好，正是因为咱们优质的酒水和实在的价格啊，你这种做法，不仅仅会让我们失了做生意的信誉，更会让我们失去在这儿立足的诚信啊！"父亲幡然悔悟。之后，父亲再也没有做过任何有损诚信的事情，他们的酒馆也终于做成了当地最好的一家大酒店！

心灵感悟

　　在利益面前，人们很难控制自己的贪欲，然而，越是在这样的时候，越应该将诚信的信条进行到底，因为它不仅是做事业的根基，更是做人的根本。

快乐餐厅

　　麦当劳是美国乃至世界上最出名的快餐企业龙头，它是大型连锁快餐集团，在世界上大约拥有 3 万间分店，主要产品是汉堡包、薯条、汽水、沙拉、炸鸡等快餐式食品。麦当劳餐厅遍布全世界六大洲百余个国家，在销售产品的同时，也将美国式的生活方式传递给这些国家。很少有人知道，最初的麦当劳不过是一间小小的快餐店，甚至只有一台机器而已。那么，一个普通的快餐店是靠什么在短短的几十年内成为全球的餐饮巨头的呢？秘诀就是——诚信。

　　在全世界的任何一家麦当劳连锁店，无论那里的服务生是美国人、非洲人或者是黄皮肤的亚洲人，只要顾客走进去，服务员们都会热情地接待。这就是麦当劳向全世界承诺的——快乐餐厅！顾客们甚至可以请店内员工和顾客一起庆祝生日；或者零消费，仅仅是在里面休息一会儿，不必担心被人赶走；在麦当劳只要你提出的要求是合理的，营业员们都会尽力满足顾客，实现他们对世界的承诺。

　　一次，一位美国老奶奶在麦当劳吃东西时不小心掉了一颗牙，医生诊断后给出结论——原因是食物过硬硌掉了老人原本就已经摇摇欲坠的牙齿。于是麦当劳餐饮直接赔偿了老人 60 万美金。人们对麦当劳的诚信做法给予了高度的赞扬和支持，之后，麦当劳的生意更好了！

心灵感悟

　　无论是庞大的集团帝国，或者是简单的私营个体，我们都应当以诚信示人，只有这样，才会在事业和成功的路上走得更远！

10 元钱的诚信

在 20 世纪 80 年代的中国，收税是每个地区税务征收员们最头疼的事情。一年，安徽芜湖的一条商贸街上，税务员大刘来到一家个体户店前征收税款。当时这家蔬菜店每个月的定额税款是 120 元。老板是一个 40 多岁的男人，一见两位税务员上门，便一脸不情愿，没好气地说："还没开张呢！先交一半吧，下午做了生意我再补 60 元。"

那时，收税时遇到刁难是常有的事，基层的税务员们为了收齐所有商户的税款，一天往同一家跑个三五趟也是家常便饭。老板说着拿出一叠十元面额的钞票扔给大刘："60 元，给你。"大刘笑着数了数钞票："老板，这钱好像不对呀？"老板一听就发火了，"怎么不对，我数得清清楚楚，难道这钱是假的不成？"大刘没有申辩，只是又把钱一张一张地数了一遍给老板看，原来老板给了大刘 70 元钱。老板不由添了几分尴尬，"要不，先交 70？"大刘笑呵呵地问道。老板有点不好意思地说，"那个你等一下，我找找看，要是有钱，就把税交齐了算了，免得你下午又来烦我。"

这样，大刘顺利地征收到了全额税款，也不用三番五次地往这家店跑了。

心灵感悟

"以诚感人者，人亦诚而应。"诚信，不仅仅让我们克己复礼、提高修养，在现代社会中，诚信更会带来"互利"和"双赢"的良性循环。生活中的诚信，能使诚信者获得别人的尊敬，更能收获出乎预料的惊喜！

背信弃义的山鹰

　　在中亚有这样一则寓言，一座山上，山鹰与狐狸结为好朋友，为了更好地彼此照顾，这对飞禽走兽决定住到一起。于是他们找到一处高地，山鹰落到一棵大树上筑巢孵卵，养育后代；狐狸则爬进大树下的一丛灌木丛中，繁衍子嗣，它们觉得彼此间的友谊更加牢固了。

　　一年冬季，大雪封山，整座大山都被冻住了，几乎找不到任何食物，鹰和狐狸都饿了几天了。这天上午，狐狸将小狐狸放在窝中安顿好，就出去觅食了，饥肠辘辘的山鹰见好朋友离开之后，飞入灌木丛中把幼小的狐狸叼回鹰巢，与雏鹰一起饱餐了一顿。狐狸回来后，发现儿女都不见了，窝中只有几根山鹰的毛。它悲痛欲绝，但是，它只是一直只跑跳的狐狸，如何去追逐会飞的山鹰呢。气愤的狐狸离开了这里，在山崖边夜夜啼哭，恨山鹰连朋友最起码的诚信都没有。

　　可怜的狐狸只好每天远远地诅咒敌人，为自己的孩子哀伤。狐狸的伤悲感动了山神，山神也为山鹰背信弃义的罪行感到愤怒，于是，他在山鹰外出觅食的时候，让雷电击中了大树，将雏鹰都烧死了，并从树上掉下。狐狸冲了过去，在急速飞回的山鹰的面前，狠狠地吃掉了小鹰。

心灵感悟

　　背信弃义的人，也许在一时得到了欲望的满足，但是终将会为此付出惨重的代价。

诚信 + "X"

　　"诚信"被扔在孤岛上，他不停地求救，"救命啊！救命啊！"过了一会儿，一只粉色的快艇开了过来。驾驶快艇的是个美丽的女孩，诚信认识她，她是"快乐"。快乐说诚信太重了，她不能带他走，于是诚信只能在岛上等着下一个救援者。过了一会儿，"地位"开着一艘豪华轮船行驶过来，诚信连忙向他呼救，"地位"回答说："不行，我要去指挥别人干活呢，我可是高贵的地位啊！"诚信无奈，眼巴巴地看着地位离开了。过了一会儿，一艘由金子打造的飞机从远处飞来，原来是"财富"到了。诚信急忙呼救，希望财富带他离开，但是财富看都没看他一眼，就让飞机掉头飞走了。

　　这时一道白色的光柱将诚信带到云端，云朵上冒出一张老人的脸，老人说自己是"时间老人"，诚信将自己的遭遇讲给了老人听，老人听后带着诚信来到了一处海面。在那里，有一艘残破的粉红色快艇、一艘已毁掉了的豪华轮船和一架坠毁的黄金打造的飞机。"时间老人"说："没有了诚信的快乐是不会坚持太久的；没有了诚信的地位经不起时间的蹉跎；没有了诚信的财富最终会一无所有。"

心灵感悟

　　诚信，也许不是最重要的，但它一定是最不可或缺的那个。让我们珍惜所拥有的诚信吧，让它成为伴随我们一生的美好品质！

嘻哈版 故事会

应聘者的第一关

刚刚大学毕业的谷向阳去博览中心参加一场今年最大的招聘会，他将简历投给了一家世界 500 强的美国企业。这家公司在中国招聘雇员的条件异常苛刻，谷向阳本来也只是抱着试试看的心态，没想到，他竟然接到了对方的面试通知。

谷向阳来到面试现场，心里不免有些紧张，"没事儿的，就当来锻炼了！"他这样安慰自己。当秘书叫到他时，他走进面试会场，房间里只有一张桌子和一把折叠椅，桌子对面坐着一个西装革履的外国人。他还没来得及介绍自己，那外国考官却忽然像发现了什么似的，沉思了一会儿之后竟然兴奋地走到谷向阳面前，说："你不是麻省理工学院机械动力学 09 届的毕业生吗？我是你上届的学长啊，没想到在这儿会遇到你！"

"他认错人了。"谷向阳心里说，但是，他也明白，这是自己的一个天赐的机会啊！也许可以通过这个顺利地进入公司呢！但是最终，心中的诚实战胜了投机取巧的欲望，他冷静而客气地说："先生，您认错人了。我从没有去过美国。"

没想到，考官听后竟露出惊喜之色，"恭喜你，你得到了进入下一关面试的资格，这一关的考试，你通过了……"

心灵感悟

无论最终谷向阳是否会被录取，我们都应当为他的诚实守信而鼓掌。其实无论在哪一国，诚实都是用人单位首重的选择。而且，文明程度越高，就越重视诚信的价值。